文學新象 197

# 求生

## The Lifeboat

---

夏洛蒂・羅根（Charlotte Rogan）◎著
林力敏◎譯

高寶書版集團

傾聽吧，我將向眾人唱出洪水之歌！

——出自巴比倫神話《阿拉哈西斯》的最後一行

# 序幕

今天律師們被我嚇了一大跳。我也沒想到自己的行為會讓他們如此驚訝。我們離開法庭去吃午餐時，忽然下起暴雨。他們衝到鄰近商店的棚子下躲雨，免得身上的西裝被淋溼。但是，我仍佇立街頭，並張嘴迎向雨水，整個人彷彿回到過去，再度看見那一天從烏雲密布的天空降下的大雨。我原本以為那場豪雨早已離我遠去，但站在街上的那一刻，讓我初次感覺到，那場大雨其實從未停歇，我依然置身其中，仍能回到救生艇上的第十天，回到大雨剛落的瞬間。

救生艇上的那場雨十分冷冽，大家卻歡欣鼓舞。起初只是綿綿細雨，之後轉為傾盆大雨。大家抬頭迎向甘霖，張開雙脣，任由水分滋潤我們腫脹的舌頭。年紀和我相仿的瑪莉．安可能是沒有辦法，也或許是不願意，總之，她並未張嘴喝水或者說話。漢娜比我們年紀稍長，她重重地打了瑪莉一下，對她說：「快張開嘴，否則我就硬把它扳開！」說完，她便抓住瑪莉．安，並捏緊她的鼻子，終於逼得她不得不張口喘氣。她扳著瑪莉．安的嘴，讓灰濛濛的雨水一滴一滴地落入她的口中。兩人僵持了一段時間，看起來反而像是激烈地擁抱彼此。

「快過來！快過來！」萊希曼先生叫著。

他負責帶領另外兩位律師。這些律師是我婆婆聘請的，只不過，她根本不在乎我。她只是擔心，如果我被判有罪，將會損害到整個家族的名譽。萊希曼先生與他的助理站在人行道上叫我，但我假裝沒聽見。他們有些生氣，可能是我對他們充耳不聞，或者，是因為我對他們毫不理睬，使他們感到羞辱。畢竟，他們一向慣於站在台上侃侃而談，受到法官與陪審團的關注。至於被告，因為自己的命運取決於他們的答辯內容，總是會在他們發言時仔細聆聽。最終，我還是轉身加入他們。我微微地顫抖著，渾身溼透，但依然面露微笑，樂於發現自己還有一絲天馬行空的想像力。

這時他們問我：「那是在玩什麼把戲？妳究竟在做什麼，葛瑞絲？妳瘋了嗎？」

葛洛夫先生是三位律師之中最親切的一位，他把自己的外套披在我濕透的肩膀上，高級絲質衣料立即沾溼，恐怕也毀了。雖然我很感激葛洛夫先生，但我更希望是由英俊健壯的威廉．萊希曼先生把他的外套披在我身上。

「我剛才很渴。」我說。而且我依然覺得很渴。

「可是餐廳就在那邊，離這裡不到一個路口。一、兩分鐘之後妳就可以想喝什麼就喝什麼了。」葛洛夫先生說。

其他人指著餐廳，紛紛附和。然而，我想喝的其實是雨水與海水，所渴望的其實是無邊無際的汪洋大海。

「那可就好笑了。」我說。我笑著心想，當我可以自由選擇要喝什麼時，任何形式的飲品卻都不是我真正想要的東西。前兩週，我一直被關在牢裡，只有上法庭的這段期間能享有自由。我不禁失聲大笑，笑意像巨浪般在體內拍打湧動，滔滔不絕地湧出我的雙唇。我憋不住地一直狂笑，因此餐廳不讓我跟律師們一起入內，我只好坐在衣帽間慢慢吃著三明治。一名侍者坐在旁邊的凳子上，神情顯得小心翼翼。我們兩人坐在那裡像是兩隻小鳥。我繼續大笑，笑到腰部隱隱作痛，甚至懷疑自己病了。

律師們出來了。萊希曼先生說：「嗯，我們剛才討論過了，認為用**精神障礙**為由提出辯護，應該是可行的方案。」

我有精神異常的想法，使他們相當欣喜。午餐前，他們還十分緊張且態度悲觀，現在卻紛紛點燃香菸，互相道賀，開始談論著我一無所知的過往案例。顯然，他們曾考慮過我的精神狀況，只是覺得缺乏相關佐證；如今，他們不再震驚於我的古怪行為，反而覺得可以從科學角度解釋那個怪異之舉，甚至有助於我的官司。

他們輪流拍著我的肩膀說：「別擔心，葛瑞絲小姐。妳已經遭遇過許多折磨，現在，事情就交給我們處理吧。我們對這方面的官司可說是駕輕就熟。」他們提到柯爾醫生，「妳一定會覺得他很有同情心。」接著他們聊到一長串的資格證明文件，但我一句都聽不懂。

我不知道提出這個想法的到底是葛洛夫先生，是萊希曼先生，或是個性謹慎的萊格先生。總之，他們要求我回想那二十一天的所有事件，並寫下「日記」，因為那些紀錄或許能幫助我無罪獲釋。

「如果要這樣做，我們最好說她神智正常，否則，撰寫日記這整件事會減低信服力。」萊格先生猶豫遲疑地說，似乎覺得自己正在做不當的發言。

「我覺得你說得沒錯。」萊希曼先生一邊表示同意，一邊敲著他的長下巴。「我們先看她能回想出哪些事，再來做決定。」

在走回法庭的路上，他們哈哈大笑，拿著香菸的手揮來舞去，嘴上談論著我，彷彿我並不存在。漢娜・薇絲特、烏蘇菈・格蘭特和我都要出庭應訊。我必須接受審判。

我二十二歲，結婚十週，喪夫超過六週。

# 第一部

# 第一日

在救生艇上的第一天，大家幾乎沉默不語。有些人已接受這場戲劇性災難的事實，明白自己正置身在波濤洶湧的汪洋；有些人則依然無法面對。約翰．哈戴先生身強體壯，是第十四號救生艇上唯一的船員，並且當下決定扛起責任。他依照重量配置的原則替大家安排座位。救生艇吃水很深，因此他禁止大家站立，也不准有人未經許可便擅自移動。他從座位底下猛拉出一個船舵，固定在船尾，再要求懂得划船的人負責拿那四根船槳。三名男子以及一位名叫格蘭特的強壯女子立刻應聲。哈戴先生指揮他們盡快划離正在下沉的輪船，放聲大喊著：「快給我死命地划，不然大家就要命喪海底啦！」

哈戴先生穩穩站定，眼神警覺小心，指揮著他們閃避海中的障礙物。他們四個人安靜、用力地划船，肌肉緊緊繃住，連指關節都繃得發白。有些人抓住長槳的尾端，想助他們一臂之力，但動作過於笨拙，反而讓船槳只是輕輕撫過水面，並未扎實地撥開海水。我雙腳牢牢地踩在船底，同情著他們。船槳每划一次，我的肩膀便繃緊一次，彷彿這樣做可以讓救生艇更快地前進。

哈戴先生有時候會打破這種駭人的死寂，說著：「再划兩百公尺，大家就安全啦。」或是說：「再過十分鐘船就會沉下去了，最長不會超過十二分鐘。」或是說：「九成的婦女跟兒童都已經獲救。」

這些話給了我一絲安慰，雖然我之前才親眼目睹一位母親把小女兒扔進大海，再跟著跳進海中，之後便消失了。我不清楚哈戴先生是否看到那一幕，不過我認為他看到了，畢竟，他藏在濃眉底下的漆黑雙眼始終不斷地掃視四周，任何事似乎都逃不過那雙眼睛。總之，我沒有糾正他，也不認為他在說謊，反而覺得他像位領袖，正試著激勵大家的士氣。

我們這艘救生艇屬於最後下水的那一批，前方海面已相當擁擠。我看到兩艘救生艇想躲避一大塊漂浮物卻不幸相撞。我冷靜地想著哈戴先生是想找到一塊較不擁擠的水域。他的帽子掉了，現在頭髮飛張、目光炯炯。面對這種災難，大家驚恐萬分，他卻一副胸有成竹的模樣。

「大夥兒用力划啊！」他放聲大吼：「讓我見識一下你們有多少力氣！」拿槳的人聽了，划得更為賣力。後方傳來一連串爆炸聲，有些乘客還在亞歷山德拉皇后號上，或在附近的海面載浮載沉，這時紛紛發出淒厲的尖叫聲，彷彿是來自地獄的慘叫——如果地獄確實存在的話。我回頭望見巨大船身正在左右搖晃，並且第一次發現船艙的窗戶正竄出橘紅烈焰。

我們穿過一塊又一塊的破碎木片，經過半浮半沉的水桶，以及蟒蛇般彎彎曲曲的繩索。我看見躺椅跟草帽一起漂浮，旁邊還有一個像是兒童玩偶的物體，這讓我不禁黯然想起當天早上的晴朗天氣，還有整艘輪船原本洋溢的度假氛圍。三個較小的木桶一起漂向我們，哈戴先生大喊：「哇哈！」並且要大家把其中兩個桶子撈到船上，放在船尾那張三角形椅子的下方。他向我們保證，這兩個木桶裡裝著飲用水，一旦我們逃離遊輪沉沒所造成的漩渦，便需要解決口渴與飢餓等難題。只不過，我想不到那麼久之後的事。在我看來，這艘救生小艇的欄杆早已逼近水面，停下來撈撿任何東西只會害我們更難逃離沉船所造成的漩渦。

海面上漂浮著屍體，還活著的人則死命攀抓著殘骸或破片。我看到另一對母子，那名臉色慘白的男孩朝我伸出雙手，放聲尖叫。我們划到他們附近，發覺那位母親早已斷氣，屍體趴在木板上，一頭金髮披散在慘綠的海水中。那男孩戴著迷你版領帶，露出兩條吊帶。雖然我一向欣賞正式的服裝，而且此刻身上仍穿著不久前在倫敦買的緊身衣與蓬裙，搭配牛皮靴，但我依然覺得那位母親把兒子打扮成這樣有些可笑。

一名男子大喊：「往那邊划一點，我們去救那個小男孩！」

哈戴先生回答：「好啊，你想把誰踹下船，好留個位子給他？」

哈戴先生說起話來就像個無禮的水手。有時候我聽不太懂他的發音，反而因此對他更有信心。他對大海瞭若指掌，嘴上說著海的語言。我越不了解他，應該就表示他越懂得汪洋。沒人回答他的提問，我們就這麼划過那位正在放聲大叫的男孩。

我身旁一位瘦小男子喃喃抱怨：「我們絕對可以丟掉那兩個桶子，那可憐的小傢伙就有位子了！」

但這意味著我們必須掉頭回去。事實上，我們對那位男孩的同情心轉瞬即逝，跟著我們的過往一起沉入汪洋，因此，我們只是緘默。只有那位瘦小男子開口說話，但他的聲音微弱得幾乎難以聽見。一些更大的聲響掩蓋了他的說話聲，例如：槳架反覆發出的規律噪音，沉船引發的轟然巨響，刺耳的號令聲，還有痛苦淒厲的叫喊聲。

「只不過是個小男孩罷了，能增加多少重量？」他說。

後來我知道他是基督教聖公會的執事人員，但當時我並不清楚救生艇上的各個成員叫什麼名字，從事何種職業。始終沒有人回答他。划槳的人彎著身子賣力划水，其他人也跟著壓低身體，這似乎是我們唯一能做的事了。

沒過多久，海裡有三個人奮力游向我們。他們一個接著一個抓住小艇周圍的救生索，拉得小艇更往下沉，一波一波的海水濺到船上。其中一名男子與我四目相接。他的鬍子刮得乾淨，臉凍得發白，但碧藍的雙眼散發著光芒，顯然是鬆了一口氣。我聽到撞擊的聲響，隨後看見哈戴先生舉起一隻笨重長靴擲向他的臉。他發出痛苦哀號，叫聲流露著驚訝。我無法移開視線，而那位陌生男子成了我這輩子最同情的人。

如果要我描述十四號救生艇周圍發生的事，我必須說，大大小小的悲劇正在船沉沒所造成的漩渦周圍上演著。我的丈夫亨利就在某處，也許他坐在小艇上攻擊求救的人，和我們的做法如出一轍；也許他正拼命游泳求救，卻遭到小艇上的人驅趕。亨利先前展現厲害本領，為我在救生艇上爭取到一個位子。我想到這件事就比較安心，相信他也有辦法讓自己登上別艘救生艇。不過，如果亨利也面臨生死關頭，他是否會做出像哈戴先生那樣的行為？我能嗎？我反覆地想起哈戴先生的冷酷無情——我確定那些行為讓人毛骨悚然，也相信小艇上的其他人絕對無法像他那般殘酷。然而，那是他身為領袖的果斷，他的行動救了我們。他不那樣做，我們或許都會喪命。我甚至不確定那樣的行為是否該被稱為殘忍。

那時平靜無風，海面不起波浪，但海水仍會不時地濺進超載的船中。幾天前，律師以實驗證明，那艘救生艇只要再多載一位正常體重的成人，我們就會立即陷入危機。我們已自身難保，無法救助每一個人，同時又救自己。哈戴先生對這一點心知肚明，並依據腦中的知識大膽行動，要不是他那幾個小時的努力，我們早已葬生海底，無法死裡逃生。然而，他的行為也引起格蘭特女士的反對。她是救生艇上最堅強也最敢於發言的女性。

她大喊：「禽獸！我們至少該回頭救那個小男孩！」

其實，她自己也明白回頭只會害大家賠上性命，但她這樣一喊，卻使自己儼然成為人道主義者，而哈戴先生則宛若惡魔。

當然，那時的大家還是展現了一些可貴的行為。身體較好的女性會照顧身體較差的女子。況且，若不是划船者的齊心協力，我們也無法迅速遠離正在沉沒的遊輪。哈戴先生一心一意要解救我們，並立即分辨出哪些人肯聽從指示；哪些人則不願聽他發號施令。其他人則多花了些時間才能辨別這兩種人。有好幾天，我並不覺得自己與十四號救生艇有多大的關聯，我應屬於亞歷山德拉皇后號上住在頭等艙的乘客階級，況且，誰不會這麼想呢？儘管這幾年經濟蕭條，我依然過著奢華的生活。亨利花了超過五百美元才買到頭等艙的船票。當時，我仍覺得自己要光榮返鄉，而非狼狽不堪的船難生還者，也不是落魄商人之女。相反的，我應該是某個歡迎晚宴的嘉賓，身穿華美的禮服，以及戴上珠寶首飾——雖然那些禮服與珠寶已沉入幽深陰暗的海底。我想像著亨利終於把我介紹給他的母親。我們的婚姻已成事實，我想，她對我的抗拒應會煙消雲散。我還幻想著，那些欺騙我父親的惡人會飽受唾棄，淪為人人喊打的過街老鼠。

哈戴先生能如此迅速應對當前的局面，我認為是因為他擁有水手的靈魂，而且早已將各種情感拋諸腦後——如果他曾有過。至於他的行為是善是惡，就暫且不論。他在腰帶上插了一把刀子，頭上包著一條不知從哪裡找來的破布，代替他消失的帽子。那條破頭巾跟他夾克上的金釦子形成強烈對比。不過，改變裝扮能突顯出他的隨機應變，而且已經準備就緒，這使我對他更有信心。等我終於想到要探望四周時，其他救生艇已與我們相隔甚遠，只剩渺小的影子。跟船難現場的騷動混亂相比，處於空曠海面終究比較安全，因此我覺得這是個好徵兆。

哈戴先生把最佳的位子留給最虛弱的那些女性，並稱呼我們為「女士」。他問我們是否安然無恙，好像他有辦法醫治我們似的。大家起初都謝謝他的好意，謊稱自己沒事，但大家都看出芙萊明女士的手腕骨折成奇怪的角度，而平時擔任西班牙文家教的瑪麗亞則驚魂未定，顯然大受打擊。替芙萊明女士的手臂綁上繃帶的是格蘭特女士。第一個大聲質問為何哈戴先生會在這艘救生艇上的也是她。後來我們才知道，雖然按照規定，每艘救生艇上必須要有一位受過訓練的船員，但是，舒特船長與多數船員皆留在船上維持秩序，協助乘客登上救生艇，避免恐慌。

我們在緩慢卻逐漸拉大的距離之外，親眼看著船上的船員與乘客已不分彼此，只想迅速降下救生艇。但是，遊輪已劇烈傾斜，他們越急反而越手忙腳亂。後來船身開始由內往外破裂解體，情況變得更加混亂。等到我們這艘救生艇準備往下降至大海時，已無法筆直從甲板垂降至海面。這艘小艇很可能會反覆撞到傾斜的船身，操作滑輪與繩索的船員也必須耗費更多力氣，才有辦法讓救生艇的船首與船尾以相同速度下降。當我們的船降到海面後，立刻又有一艘救生艇往下垂降，卻忽然整個翻轉，上面的老弱婦孺全都墜落海中。我們聽見他們放聲叫喊，在海中揮舞雙手求救，但我們並未向他們伸出援手，還有，要不是有哈戴先生指揮我們，我們可能會跟他們落入相同的噩運。經歷過整件事之後，我可以肯定地回答我先前質問自己的那個問題：如果哈戴先生沒有攻擊那些游向我們的人，我可能就會親手驅趕他們。

# 夜晚

我們在救生艇上大約五小時之後，西邊的天色從暗粉紅轉為深藍，再轉為濃紫，夕陽脹大，漸漸落入變暗的海面。我們可以遙望到其他救生艇的黑暗剪影。我們被或紅或黑的天色所包圍，隨波漂流、束手無策，唯一能做的便是等待。一定有其他船隻得知我們遇難的消息，我們的命運繫於他們手中。

我急著想小解，因此希望黑夜盡快降臨。哈戴先生解釋過我們該怎麼處理這件事。女性就從三個木製瓢子中選一個來用。這些木瓢原本是用來舀掉救生艇底部的積水。他尷尬地建議說，其中一個瓢子由格蘭特女士保管，我們需要時就跟她說，再跟坐在欄杆旁邊的人暫時換位，藉以解放憋得緊緊的膀胱。哈戴先生將濃眉下的眼睛往上看，神情略顯滑稽：「哈！就是這樣！你們絕對聽得懂我說的話。」先前他查看完救生艇上的物品清單，把每樣東西的用途解釋給大家聽時，態度顯得堅定沉穩，如今談到排泄的話題卻變得支支吾吾、閃爍其詞。

落日的最後一道橘黃餘暉徹底消逝於天際。我在欄杆旁拿著瓢子，準備小解。我很失望地發覺，儘管天色轉暗，夜幕低垂，卻仍可看到微光與身影，以及身影後的一雙雙眼睛。夜色無法如我預期地掩蓋一切，而且救生艇太過狹窄，我沒辦法隱藏自己的動作。感謝的是，我周圍幾乎都是女性，她們心思細膩，假裝沒注意到我的一舉一動。我們同病相憐，暗自產生一種默契，那就是在別人解決生理需求時移開視線，故意對這種事視而不見。儘管才遇到一場差點讓我們喪命的可怕災難，而且至今仍未完全死裡逃生，大家仍設法維持禮儀以及相互尊重。

小解之後，我感到很輕鬆。我全身專注於小解這件事，幾乎沒注意到哈戴先生正在評估我們的處境和清點救生艇上的所有物品。現在我知道，每艘救生艇都有五條毯子、一個繫有長繩子的救生圈、三個木製瓢子、兩大罐硬餅乾、一大桶飲用水，還有兩個錫製的杯子。除此之外，哈戴先生還從四周的殘骸中撈到一塊起司、幾條麵包、兩大桶飲用水。他認為這些東西是從一艘翻覆的救生艇上漂流過來。他告訴我們，原本亞歷山德拉皇后號的甲板上備有一箱指南針，卻在先前的航程中不翼而飛，而船主為了避開奧地利即將爆發的戰爭，把啟航時間提前，也就沒有補上另一箱指南針。「隨你們信或不信，反正在海上討生活的人跟普通大眾沒什麼兩樣。」他說。此外，他還提到救生艇擺在甲板上時會用帆布蓋住，藉以防止雨水，如今那塊帆布恰巧就在我們這艘小艇上。

「我們為什麼需要那塊帆布？」霍夫曼先生開口詢問，「那塊帆布非常笨重，而且很占空間。」

哈戴先生只回答說：「救生艇裡有時候會被海水弄溼。我們若受困得夠久，你就會親眼見識到了。」

救生衣擺在各自的房間，船難發生後一片混亂，少數人沒有時間回去拿，或者沒考慮到這一點。沒穿救生衣的少數人包括哈戴先生，一位名叫麥可．泰納的老先生，還有兩位安靜瑟縮在一起的修女。

我回到原本的座位。不久之後，哈戴先生打開其中一罐硬餅乾，解釋這種餅乾硬得像石頭，形狀為正方形，長寬各約五公分，除非先以口水之類的液體讓餅乾變軟，否則無法下嚥。之後我把分配到的那塊硬餅乾含在嘴裡，讓它漸漸變軟，雙眼望著不夠漆黑的夜空以及多不勝數的滿天繁星。比大海更為廣闊的只有天空而已。我凝望星空，開始祈禱，無論是何種力量安排了這整個事件，我都希望那個力量不要奪走我的亨利。

我心裡懷抱希望，但身旁的女性卻紛紛開始情緒崩潰，泣不成聲。哈戴先生站在搖晃的救生艇上說：「你們所愛的人也許已經死了，也可能還活著。他們或許就在附近的其他救生艇上，所以你們別把體內的水分浪費在流眼淚上面。」雖然他這樣說，黑暗中依然傳出啜泣聲。我可以感受到身邊的那位年輕女子不時顫抖著，有一次甚至發出沙啞的哭聲，像是動物在嘶吼。我輕拍她的肩膀，但她似乎反而更為難過，我只好將手移開，側耳傾聽海水拍擊船身的柔和聲響。格蘭特女士移動位子，竭盡所能地想要安慰那些大受打擊的人，但哈戴先生提醒她坐下別動，並勸告大家最好稍作休息，別跟自己過不去。我們盡量遵照他的建議，身體靠著彼此，攜手合作，互相幫助。雖然並不容易，不過大部分人仍試著入睡。

# 第二日

第二天早上醒來時，哈戴先生已規定好大家的職責。有力的人必須輪流顧著船槳。除了羸弱的泰納老先生之外，其他男士跟格蘭特女士分別坐在救生艇的八個槳架旁邊，只要哈戴先生下令，他們便輪流划動四支船槳。哈戴先生花費一些時間研究風向與水流，然後我聽到他跟身旁一位男士說，我們最好留在沉船地點附近，因此必須划著船以免越漂越遠。剩下的人輪流使用水瓢。我們的救生艇離海面很近，儘管幾乎無風，偶爾仍有海浪濺進船頭——那個哈戴先生稱為「舷側上緣」的地方——因此我們的衣服跟毯子恐怕會被弄溼。坐在外圍的人比較不幸，必須把身體當成堤防，保護其他幸運坐在較內側的成員。

哈戴先生把硬餅乾與飲用水分發下來，然後叫我們把毯子放到遮雨帆布上，放進原先蓋住救生艇時形成的皺痕範圍裡，以免毯子碰到救生艇底部的積水，或者遭到海浪濺溼。他說女性可以輪流到那邊休息，每次三人，一次不超過兩小時。救生艇上總共有三十一位女性（如果把小男孩查理也算進來的話），每個人都可以在那個立刻被大家稱為「宿舍」的區域每天待上一次。剩下的時間則留給有需要的男性。

大功告成之後，哈戴先生交代划槳的人盡量讓我們的船遠離其他救生艇。我決定要協助他們，整天幫忙查看著遠方，還必須用手擋住海面反射的刺眼陽光。我認為這樣做算是對大家有所貢獻。尼爾森先生自稱在航運公司工作，似乎是一個容易拘泥於瑣事的人，他問哈戴先生這艘救生艇上的食物能撐多久，但哈戴先生並未正面回答，只說其他船隻一定會來救我們，食物存量不會構成問題。

我們幾乎沒有交談。許多女性雙眼瞪大，眼神空洞，顯然仍處於打擊之中。那個時候，整艘救生艇上我只知道另外兩個人的名字：一位是馬許上校，他身材高大，優秀傑出，幾年前妻子因故過世，我和亨利曾與他跟船長同桌過；另外一位是芙蕾斯特女士，她個性沉默寡言，眼神十分謹慎，我在亞歷山德拉皇后號上時常看到她，每次她都隨身帶著書本，或是在編織衣物。我看過去時，馬許上校迅速向我點頭；我朝芙蕾斯特女士微笑示意時，她卻移開視線。

那天的整個早上以及下午，我們都望著大海，希望看見船隻經過。哈戴先生有時候冷靜沉默，有時候猛然講起地理知識與航海學。他簡要講述陽光在赤道對海水有何影響，在南北極對海水又有何影響，兩者的區別為何，只是我聽得一頭霧水。然而，他提到的一些其他事我倒記得相當清楚。他說，這艘十四號救生艇既可以用划的，也可以當成帆船。救生艇的其中一塊橫板上面確實有個圓孔，可以插入桅杆，可惜我們既沒有桅杆，也沒有船帆。他告訴我們，地球在赤道的轉速遠比在南北兩極來得快，因此地球表面形成數個風帶。他指出遊輪沉沒之前正往西航行，位置約在北緯四十三度，因此我們正處在西風帶上。他解釋著西風是來自西方，而不是吹往西方，還說我們處於一條繁忙的航線上，當初帆船盛行之時，船員訂出這條航線以利用西風。他說，儘管風向與洋流皆不利於往西航行的船隻，但輪船的發明使船隻可以從這條較短的航線往西航行，比較不必顧慮逆風的問題。他把這條航線說得相當繁忙，彷彿可以期待隨時有船隻前來營救我們。

只有尼爾森先生忽然說：「現在還有誰會去歐洲？歐洲在打仗啊！」

馬許上校聽到他提起戰爭，肩膀往後一靠，說著：「這倒是真的。」

哈戴先生朝他們兩人瞪了一眼說：「兩個方向都有船在航行。你們最好睜大眼睛，免得它們撞上我們。」

我們一起張望是否有船隻出現。那位瘦小男子想起自己是教會的執事，想帶領我們開始禱告。他的聲音很悅耳，雖然他不引人注意，但此刻一開口，我很難不看著他。後來我才發覺，當他談到不熟悉的話題時，整個人顯得平凡無奇，但只要他開始禱告便能重新吸引目光，聲音足以飄揚到海上，用詞能使大家更團結齊心。他顯然已找到自己的天職。我以前想過，一個人必須找到能讓自己發揮天賦的舞台，否則，人生恐怕會淪為悲劇一場。後來我對他的評價有所改變，發覺聲音宏亮似乎是他唯一的長處，只不過，當時我樂於看著他懷抱信仰，變得有朝氣，連古老的祈禱文也能在他口中重新獲得生命。

雖然大家目標一致，卻漸漸出現一些牢騷。跟坐在救生艇中間的人相比，坐在欄杆旁邊的人特別容易被划槳濺起的海水潑溼。哈戴先生決定大家移到「宿舍」的順序時，說話直接的麥肯女士堅決表示年長女性理應優先入住。原本她毫不妥協，但才移過去沒幾分鐘，便改口說在帆布下面又糟又熱，等晚上再輪到她。救生艇很擠，走動起來十分困難，麥肯女士走回原位時失去平衡，導致一波海浪濺上欄杆，哈戴先生見狀大吼：「除非有我的許可，否則任何人都不准擅自離開座位！」

霍夫曼先生首先說出大家都存在的想法：這艘救生艇並非設計用來容納這麼多人。幾分鐘後，馬許上校發現右側第二個槳架旁邊釘著一塊銅製板子，上面寫著：限乘四十人。然而，船上只有三十九個人，船身卻明顯地過於下沉，要不是現在風平浪靜，我們的處境會更加危險。大家看了那塊板子的內容，變得相當困惑。尤其是馬許上校，畢竟他凡事講求秩序，不僅認為整個宇宙有一套嚴謹架構，還認為英文有一套公認用法。

「口頭說說也就算了，」他說，「但這些可是有人費心刻在板子上的文字。」他不斷摸著那幾個字，反覆清點船上的三十九顆人頭，最後不解地搖著他的大頭。他想跟哈戴先生討論，但哈戴先生只回答說：「不然，你說我們該怎麼辦？寫信給製造這艘救生艇的負責人，要求他公開致歉嗎？」

後來我們才知道，這艘救生艇長約七公尺，最寬處約兩百一十五公分，中央的深度約九十公分。亞歷山德拉皇后號的首位船主想節省成本，於是要求工人縮減規格。因此，救生艇容量由原本的四十人減到只剩八成。板子上的文字顯然並未隨之更改。若不是我們大多是女性，體型比一般男性嬌小，這艘救生艇可能第一天就沉了。

霍夫曼先生跟尼爾森先生經常交頭接耳，這使我認為他們原本應該是同事之類的關係。但是，他們坐在船尾，我則坐在靠近船首的前三分之一處，沒什麼機會跟他們說話，也聽不到他們交談的內容。有時候他們會叫哈戴先生加入討論，但哈戴先生幾乎都無動於衷。我們並不習慣在小艇上走動，後來有一批女性要移到宿舍時不夠小心，使得海水再度濺上欄杆。尼爾森先生開玩笑說，應該要有一、兩個人自願下水游泳。

馬許上校聽完後回說：「好主意。要不然，就由你跳下去吧？」

「除了哈戴先生以外，我是這裡面唯一懂船的人。」尼爾森先生說。他自稱在斯德哥爾摩長大，船隻在那裡就跟汽車一樣尋常可見。「把我丟下水的話，倒楣的可是你自己。」他補上一句，而且態度有些挑釁。一個剛開過玩笑的人實在不宜露出這種態度。

「我們沒有說要把人丟下水。」霍夫曼先生解釋著，「我們只是在問有沒有人自願而已。」

不過，我們在小艇上尚且待不到四十八小時，海面幾乎平靜無波，大家仍堅信自已將會獲救。那個下午，哈戴先生原本並未理會霍夫曼先生的各種想法，後來卻似乎開始考慮起來。

那天早上，有人問說是否該聯繫其他救生艇，哈戴先生回答說：「沒必要做出這種大動作。之後鐵定會有輪船或漁船出現。」他們三人有時會壓低音量彼此交談。霍夫曼先生在下午提出一個應變計畫，哈戴先生聽完點了點頭，望向天際，彷彿在仔細查看某個我看不見的事物。

「如果起風的話，我們會沒時間爭辯與討論。」我聽到尼爾森先生這麼跟馬許上校說。「擬定計畫並不表示我們就必須實行。」

哈戴先生不是那種會受人指使的個性，而且我覺得有某種暗中的力量在操控大家。只是，我的思緒因害怕而變得麻痺。況且，這可能是我現在正面對另一種形式的權力才出現的後見之明，覺得打從一開始救生艇上就充滿了權力網絡與爾虞我詐。

奇怪的是，隨著時間流逝，我的頭腦漸漸清晰。在最初的幾個小時裡，我嚇得無法清楚判斷自己的感受：不是覺得太熱就是太冷；要不就是覺得太餓或太渴；有時充滿各種幻覺，還把這些幻象說給身旁那位年輕女子聽：「瑪莉．安，那邊的東西是什麼？兩點時，不是有個東西在太陽旁邊閃閃發光嗎？」或者問她：「瑪莉．安，那個黑影是什麼？妳覺得那會是一艘船嗎？」

第二天傍晚，橘黃色的太陽像是一顆龐大圓球，緩緩沉落海面，大家稍微從昏沉中醒來，喃喃抱怨著肌肉痠痛，或是說雙腳溼透。霍夫曼先生說：「若是無人自願，那就擲骰子來決定吧。」

安雅．羅勃森平時沉默寡言，瑪莉．安說她來自三等艙。這時她朝霍夫曼先生冷冷地瞪了一眼，抱緊外套下的兒子查理，不希望他聽到這類的言論。每當有人談到死亡，或是言辭不加修飾，她都千篇一律地警告說：「你說話小心一點，這裡有小孩子在場。」

我不知道她為什麼要擔心這種小事。也許這能使她分心，不必擔憂四周那片汪洋，不用看著雲朵飄來時海面由水藍轉為暗灰，太陽西沉時海面再由暗灰轉為豔紅。一位名叫葛莉塔．薇珂芃的德國女子哭了起來。剛開始我以為她是因為害怕黑夜，或是憂心失去摯愛，後來才明白，是那幾個人所說的話把她嚇哭了。

格蘭特女士靠過去輕拍她的肩膀。「別擔心。」她告訴她，「男人說話就是那個樣子。」葛莉塔後來稍微鼓起勇氣，很大聲地說：「不要再嚇人了，你們不應該說這種話。」另一次，她直接對哈戴先生說：「你應該多留意世人對你的看法。」

「世人？」哈戴輕蔑地說，「他們根本不知道我的存在。」

「總有一天會的。」她大膽地說，「而且到了那一天他們就會去評斷你。」

「那些就留給歷史學家吧。」霍夫曼先生大喊。

哈戴先生迎著風大聲笑說：「我們還沒被上帝變成歷史啊！我們還沒成歷史啊！」

我認為葛莉塔是第一個追隨格蘭特女士的人。我聽到葛莉塔對她說：「就算他們不在意世人的眼光，也應該要在乎上帝。上帝無所不知，能看透每件事。」

格蘭特女士回答說：「他是男的。大多數的男人都覺得自己就是上帝。」後來我還看到她輕拍葛莉塔的手臂，向她輕聲說：「哈戴先生的事交給我就行了。」

救生艇上只有四個人不會講英文，分別是三位義大利女子與名叫瑪麗亞的女家教。那三位義大利女子身穿一模一樣的黑色斗篷，一起縮在救生艇的前頭，有時候沉默不語，有時候突然嘰哩呱啦迸出一長串聽不懂的話，彷彿有一件只有她們看得到的事即將發生。瑪麗亞此行是要去波士頓的比肯丘替一戶人家工作。她幾乎處於歇斯底里的狀態，可是，我無法同情她。即使最富同情心的人也看得出，她完全沒有自制能力，這恐怕會對大家造成危險。起初我試著以相當蹩腳的西班牙語安慰她，但每當我一開口，她便抓住我的衣服，站起來揮舞雙手。我們每次都得將她拉回位子，後來我們開始不耐煩了，便盡量不理她。

我承認我一度想過，在試著阻止她時將她踹下船根本是輕而易舉。她就坐在欄杆旁邊，而且我很清楚，少掉怪裡怪氣的她對大家都好。不過，我必須趕快澄清，我並沒有做出任何類似的行為，會提到這件事只是想說明，人類在這種處境下會冒出各種想法，也會減少顧忌。同時解釋，有一部分的我明白霍夫曼先生之所以會提出那種方法以減輕船身重量的思考脈絡，而且那樣的提案是很難讓人聽過就忘的。總之，我沒有將瑪麗亞踹下船，而是跟她交換位子，這樣一來，如果她失去平衡，就會倒在我或瑪莉．安的身上，而不會跌出船外，摔進海裡。

現在，我也跟一些人一樣坐在欄杆旁，划槳濺起的水花會噴到我身上。划槳的目的是抵抗洋流，使救生艇留在原地。我考慮了很久，最後伸手觸摸海水。海水冰涼沁骨，在指間彷彿有一種誘惑力，想將我拉進海裡。這不是海水的作用，而是因為船身移動時所造成的水流，或者，這只是我自己胡思亂想罷了。

# 第三日

到了第三天，大家驚嚇的情緒比較平緩。瑪麗亞的瞳孔縮回正常大小。查理從母親的外套裡把頭探出來時，瑪麗亞甚至朝他扮了一個鬼臉。我們已離得夠遠，不再看見船難後的殘骸與漂流物，或者，也許我們始終留在原處，只是那些殘骸越漂越遠了。總之，海上不再有亞歷山德拉皇后號的痕跡。也許錯不在那艘船，但這場意外又該怪誰呢？我常想起它，就像我經常想到的上帝一樣——祂決定了人世間的所有事物，卻不被看見，或許早已灰飛煙滅，破碎散落在祂親手打造的巖石上。

執事先生說這次船難使他更相信上帝，若是還沒，也必將如此；格蘭特女士說船難讓她再度確定上帝根本不存在；瑪莉．安則說：「噓，噓。這都沒差了。」

瑪莉．安要我們唱聖歌，替受困海上的所有人祈福。我們精神為之一振，既感到悲慘，又覺得自己是上帝的選民。大家團結齊心，很高興自己能大難不死，就連格蘭特女士也跟著唱起聖歌，這使我大受感動。

若說瑪莉．安只是按照字面解讀《聖經》，像孩子般對上帝懷抱信仰，我則是英國國教教徒，講究實事求是。我認為只要是能鼓勵人們遵守道德的事物，都是好的，我也不會拘泥於教條的字面意思。每當有人提起《聖經》，我便想起母親書房裡的那幾本。每一本都很厚實，封面密闔，使我望而生敬。當年母親會在書房講睡前故事給我聽。之後我有了一本屬於自己的《聖經》，主日學的女老師會指定段落要我背誦，但我的那本《聖經》只是薄薄一本，並不起眼。當我滿十一歲時就把它扔進抽屜裡，再也沒看過它。

哈戴先生依然信心滿滿，甚至有種讓人生畏的欣喜感。「天氣不錯，我們運氣很好。」他說，「風來自西南方，而且非常微弱。雲朵越高，空氣就越乾燥。天氣不會變壞。」

那天我心裡冒出一個疑問，以前從未想過，之後也不曾再想：既然水沒有顏色，為什麼水分構成的雲朵卻是白色？我向哈戴先生提出這個問題，認為他是最可能知道答案的人，但他只回答：「大海可以是藍色或黑色，甚至是任何顏色；浪花則是白色，但它們全都是由水構成的。」

辛克萊先生自稱不是很懂科學，但從書上讀過，顏色來自於光線折射，而且水分遇到高空的低溫會結成冰晶。我先前在遊輪甲板上看到辛克萊先生推著輪椅經過，但不曾跟他交談。

哈戴先生比較關心另一件事。他說亞歷山德拉皇后號總共備有二十艘救生艇，其中十艘或十一艘成功入海。換言之，亞歷山德拉皇后號的八百位乘客中，約有一半的人生還。我們可以遙遙望見兩艘救生艇，但看不出上面的情況為何。哈戴先生剛開始要求划槳的人避開其他救生艇，但馬許上校提議划過去與他們交談，查看我們的親友或愛的人是否在那兩艘船上。我一想到也許能看見亨利安然待在其他救生艇上，心臟便撲通猛跳，但哈戴先生說：「這樣做有什麼意義？他們不能替我們做什麼，我們也無法為他們做任何事。」

「眾人力量大。」普利斯頓先生說。盡管他的樣子誠摯，但還是讓我笑了，因為他身為會計人員的身分，使我以為他是在開玩笑。

「難道我們不該至少去看一下他們是否無恙嗎？」馬許上校回辯說。尼爾森先生也表示同意。他是幫著哈戴先生把游向我們求救的人攻擊趕走的人之一，並且給我一種不關心他人的死活的印象。

「那麼，如果他們狀況不好呢？」哈戴先生大吼。「然後呢？我們要試著幫他們解決問題嗎？」他喃喃地接著說。從現在的距離來看，第一艘救生艇擁擠不堪，跟我們這艘差不多，至於第二艘則有些載浮載沉。

「你這是什麼意思？」霍夫曼先生問。

「總之，就是不太對勁。」

哈戴先生會跟身旁的人就近商量，這本是很自然的舉動，但他們的想法似乎已變成唯一的意見。辛克萊先生雖然雙腳不良於行，神智卻依然清晰；執事先生則無法忽視自己的良知。他們兩人坐在船頭，因此不會跟哈戴先生交談，此時卻開口替女性說話。

辛克萊先生說：「有些人會想知道自己的丈夫或伴侶有沒有在那兩艘救生艇上。」他的帶著懇求的語氣，顯得很有說服力。

執事先生補充：「昨天你才提到船上太擠。如果第二艘救生艇上的狀況像你說的那樣，也許我們這艘船上的一些人可以過去他們那邊。」他的聲音軟弱無力，他的主張也就顯得薄弱可疑。

他甚至還沒把話說完，哈戴先生便插嘴打斷：「如果那艘船可以載更多的人，你難道不覺得另一艘超載船上的人會先過去嗎？那兩艘船離得很近，不像我們跟他們離得那麼遠。」

「我們至少該跟他們說說話。」馬許上校說。

「好吧。」哈戴先生隔了很久之後說，「我們划到可以跟他們交談的距離，但由我來決定之後該怎麼做。」

負責划船的人拿起船槳，划向那兩艘船。一路上我屏住呼吸，祈禱著能見到亨利，但不敢抱持希望。瑪莉．安向我低語說，只要她母親坐在另一艘救生艇上，她就把訂婚戒指扔進大海當作謝禮。我知道大家都在許著相似的願望。陽光刺眼，我們很難看清其他小艇上乘客的長相。當離得更近之後，我認出潘妮洛普．坎伯蘭——她跟我在亞歷山德拉皇后號上碰過面。我還看到小艇上有四位男性，但都不是亨利。

哈戴先生大喊：「這距離可以了。不要再划了。」

一位滿臉鬍子的男子大聲問我們是否安然無恙。他跟哈戴先生稍作交談。「你們有跟那艘小艇上的人接觸嗎？」哈戴先生問。

「有啊。」大鬍子先生說。那艘救生艇應該是由他負責帶領。「那艘船才坐一半的人，可是船上有個瘋狂的船員直嚷著說船底破了一個洞，想讓一些人過來我們船上。我說我們沒辦法載更多人，他就把船上的兩個人扔進海裡，我們只好把那兩個人救上來。你用看的就能知道我們的情況。」

那艘救生艇的確跟我們這艘一樣擁擠。

「你們這艘救生艇上沒有船員嗎？」哈戴先生問。

「沒有。」

「你們有找到座位下方的那幾箱補給品嗎？」哈戴先生問。大鬍子先生回答有找到。然後哈戴先生說遊輪沉沒之前已送出求救信號，還用無線電求援，其他船隻應該會在二十四小時之內前來搭救我們，最晚不會超過四十八小時，而他很驚訝到現在都沒有船隻出現。哈戴先生還說我們應該保持看得到對方小艇的距離，等到其他船隻前來搭救時，對我們雙方都有好處。

我沒有去想哈戴先生之前為何沒把無線電的事告訴我們。這時，兩艘救生艇上的人都興奮地詢問信號內容，以及是否收到任何回覆。

「當時船已著火，沒時間等候回覆。」哈戴先生大喊。隨後他問大鬍子先生是否知道另一艘小艇上那位船員的名字。

「布雷克。」大鬍子先生說。「那名船員名叫布雷克！」他指向東邊那艘離我們有四百公尺遠的救生艇。

「布雷克是嗎？」哈戴先生說。他比較像在自言自語，而不是在詢問大鬍子先生。我想，我看到一道陰影閃過他的眼睛，似乎他只是表面佯裝鎮定，但暗自感到驚訝。隨後他說：「盡量讓我們保持在視線之內。如果天氣變差的話，就讓船頭朝著風向，那樣最有辦法撐過暴風雨。」他說完之後，要求大家把船划遠一些。

「我們不去看另一艘救生艇上有誰嗎？」馬許上校問。哈戴先生否決這個提議，並說他已看夠了。

馬許上校喃喃抱怨，但並未回嘴爭辯。即使有人想跟著他反對哈戴先生，也都保持沉默。如今回想，我認為沒有跟另一艘有一半空位的救生艇合作是我們犯下的最大錯誤。我不認為布雷克先生會再把人扔進海裡，況且，既然哈戴先生認識他，我們應該能從中得到幫助。我不禁好奇，為何格蘭特女士當時不發一語。也許她原本想要發言，卻被馬許上校搶先換了一個話題。

「你怎麼會知道亞歷山德拉皇后號的雷達室裡有些什麼情況？」馬許上校詢問哈戴先生。

「布雷克告訴我的。在火勢延燒的時候，我們從船裡跑到甲板上幫助乘客爬進救生艇。那時候我看到布雷克，他跟我說：『你最好也上這艘救生艇。有船員帶領的話，他們比較有可能生還。』」

這時我才乍然想到，船難當天我看到哈戴先生跟某位男子說話。在一般的情況之下，我會以為他們在爭吵，不過當時我們周圍的人都在喊著發號施令或是大聲叫囂好讓對方聽到。他們的衣著相似，但哈戴先生的外套袖子十分樸素，對方的則繡有金色錦緞。爆炸發生之後，我跟亨利衝到甲板上，亨利應該是先走向另外那位男子。後來等哈戴先生再度出現時，那位男子就消失無蹤。他心裡應該很高興能把我們交給哈戴先生，這樣他便能趕去處理其他事務。我承認當時情況混亂，我完全不知所措，在那之後，我只記得自己被粗壯的手臂抱起。在救生艇往下降時，我瞥見亨利焦急的臉龐，從此不曾再看到他。

哈戴先生還說出其他鼓舞人心的好消息。他再度告訴大家，我們不僅身處於繁忙航線，也離紐芬蘭大淺灘不遠。這個地名使我感到熟悉與安心，就像聽到家鄉的海岸或亨利工作的地點。「我們並非處於未知的海域。」哈戴先生說。但這裡真的不是未知的海域嗎？我憂慮地四處張望、思考。四周沒有分界，無法區分海域，也看不見陸地，整片蔚藍海洋往四面八方延伸，永無止盡，而我們這艘救生艇只是汪洋中的一葉孤舟。

我從一開始就崇拜哈戴先生。他有方正的下顎，突出的下巴，要不是在大海上歷盡滄桑，他應該會相當英俊。他銳利的眼神並不會顯得詭詐或不正直，這跟大家印象中的水手截然不同。雖然困在小船裡，他仍生龍活虎。他並不畏懼大海，而是尊敬它。大家都不願相信自己遇到船難，唯獨他肯接受事實。瑪莉．安向每一個願意聽的人埋怨著：「為什麼是我們？上帝啊，為什麼是我們？為什麼是我們？」瑪麗亞也用西班牙語質疑著同一件事。執事先生試著認真回答她們，但哈戴先生對這類對話不太耐煩。執事先生柔和的回答無法讓她們安靜下來，於是哈戴先生大聲說：「妳們出生，受苦，然後死掉。憑什麼覺得自己要特別好命？」每當哈戴先生說出這種嚴厲話語時，馬許上校立刻低聲抱怨：「他到部隊裡鐵定完蛋。」彷彿我們也可以在陸地上，或在馬背上，而且由馬許上校負責帶領。

哈戴先生的發言通常能振奮人心，但馬許上校跟執事先生所說的就比較空泛，或過於理論，而格蘭特女士的話尤為空洞。哈戴先生說：「如果我們謹慎一點，食物足夠撐五天，或者六天。」如今回想，他刻意提出明確數字，清楚地描述當下處境，並且從不質疑自己，因此可以建立起他的威望。相較之下，格蘭特女士只是講一些模糊的話想安慰大家。儘管如此，我依然樂於見到格蘭特女士轉身對其他女性說：「妳的肩膀還好嗎？」或是「閉上眼睛，想一些美好的事情。」

執事先生也決定承擔責任，盡力想著《聖經》中具有啟發性的話語與大家分享。伊莎貝爾．哈麗絲是一位個性嚴肅的女子，與生病的母親一起搭船。我被她惹得很不耐煩，因為她不斷轉身問執事先生各種問題，例如：「《申命記》裡有沒有提到什麼？」這時執事先生會樂於引述經文來回答：「凡你們腳掌所踏之地都必歸你們；從曠野直到西海，都要作你們的境界。」

那天早上，同舟共濟的情緒瀰漫著整船。我們親眼目睹了沒有哈戴先生領導的救生艇會出現何種狀況，因此很高興能有他這種知曉風向與氣候的船員領導大家。他的腰帶上有個油膩的刀鞘，裡面插著一把刀。先前他從海面撈起漂浮的桶子時，我還以為是荒唐之舉。在船難發生的第一天，除了哈戴先生之外，誰不是滿腦子只想著接下來十分鐘該如何保命？那時只有執事先生跟安雅．羅勃森展現出無私精神。執事先生替小孩子說話，安雅則把小查理摟在自己的外套裡，大家都知道她願意赴死千次，只求換取他的生命。或許格蘭特女士也是無私的，她總是伸出一隻手讓需要的人握著，或是用她沒有笑容卻露著深切同情的眼神轉頭望著其他女性。

就如先前所言，大家漸漸擺脫驚魂未定的情緒。更精確地說，大家開始能壓抑驚恐的心情。我們張嘴唱歌，哈哈大笑，想到什麼就講出口。哈戴先生以下面這句話為開場白，娓娓道出一連串故事：「有人知道『亞歷山德拉皇后號』這個名字的由來嗎？」

接著他說這艘遊輪啟用之際，尼古拉與亞歷山德拉分別登基成為俄國的皇帝與皇后。辛克萊先生補充說，尼古拉的父親不贊成這樁婚事，但他駕崩之後，他們便立刻成婚。

「可是，即位典禮整整拖延了一年。在典禮舉辦時，許多農民瘋狂搶奪典禮上的食物，導致有上千個農民在混亂中被踩死。尼古拉沙皇認為登基舞會應該要取消，以表達對死者的敬意。但是，登基舞會並未取消，大臣甚至建議他出席，以免得罪主辦的法國人。世人通常認為這起事件證明了尼古拉政權惡名昭彰，是冷血無情的專制暴政。」

「無論如何，」哈戴先生說，「這艘船沒有比其他遊輪大，所以船主想取一個宏偉響亮的名字來彌補。船雖然不大，但設備很好，應該可以賺進豐厚利潤……」哈戴先生的聲音越來越小，而且偏離主題。他開始抱怨自己拿不到酬勞，責怪船主只想取個華而不實的名字，卻不重視實際狀況，後來他一定是發現自己過於多嘴，於是猛然改口說這艘遊輪最終「賣給一位懂得如何從中榨錢的美國人。」

瑪莉．安熱衷於任何與結婚相關的話題，所以問辛克萊先生，尼古拉與亞歷山德拉的婚禮是否相當奢豪。「我只知道婚禮在聖彼得堡的冬宮裡舉行。」辛克萊先生回答，「而冬宮確實非常豪華。」瑪莉．安聽完後，用手肘推了我一下，輕聲說：「葛瑞絲，那艘遊輪是為妳建造的。妳姓溫特[1]，而且妳才剛結婚而已！」

亨利是到倫敦出差，直到最後一刻才決定帶我一起走。他說，那是因為他無法忍受與我分離，還有，他想擺脫他母親的控制與我結婚——他母親在我聽來越來越像一隻巨鷹。如果說亞歷山德拉皇后號是特地為我和亨利而建造的，我覺得這既是好運，也是噩運。後來幾天，我幻想著一座名叫「冬宮」的宏偉宮殿，亨利與我就住在其中。宮殿裡有涼快宜人的房間，陽台上陽光普照，從拱形窗戶可以俯瞰一整片如茵綠草。這樣的遐想建構在我的腦海之中，而我花費好幾個小時探索冬宮裡的大小迴廊，邊走邊隨著心意改變它們的細部設計。

亨利選擇搭乘一艘小的蒸氣船前往歐洲。那時我們尚未結婚，卻告訴船長我們是夫妻。亨利不希望在塵埃落定之前遇到熟人，但我們在出發前始終沒時間完婚。亨利提議我們在船上扮成收入普通的一般人，到倫敦再買衣服帶回來塞滿衣櫃，他認為這

---

1 Winter 既是姓氏「溫特」，也可以指「冬天」。

樣會十分有趣。我沒告訴他，我家連衣櫃都沒有，而且內心暗自發笑地想著我現在居然能「故意裝窮」！

那艘船上還有另外七名乘客，其中只有一位是女性。大家都跟船長一起用餐，就像在家裡吃飯一樣，還要把大盤子從桌子的一端傳到對面，輪流取用上面的食物。某次，大家聊起女性是否該有投票權的話題，就問另外那位女子有何看法。「我沒想過這個問題。」她說。我跟她較少參與對話，現在她卻成為眾人的焦點，因此感到慌張。我脫口而出：「女人當然要有投票權！」我說得堅決，像是有著強大的信念，只是，我其實對這個議題沒有太多想法，只是看不慣這些男人竟無情地利用她來證實自己的論點。後來亨利語帶驕傲地說：「我認為妳糾正了他們。」不過，我跟亨利通常很少發言，而是等到兩人獨處時才會暢快交談。

等哈戴先生說完後，其他人開始說起自己對爆炸發生時的印象，並推測爆炸的原因。大家分成兩派：一派認為是爆炸造成船的下沉；另一派認為爆炸是後來才引發的。「那是被什麼所引發的呢？」馬許上校問，但無人可以回答。

幾乎每個人都有關於鐵達尼號的故事可以聊上幾句。鐵達尼號在兩年前沉沒，震驚世人。麥肯女士最小的妹妹是鐵達尼號的生還者，因此大家全神貫注地聽麥肯女士說話，還仔細詢問她妹妹有何經驗。鐵達尼號的問題在於救生艇數量不夠，至於坐上小艇的人則很快獲救。

「鐵達尼號是在晚上沉沒，所以很多人都衣衫不整。」麥肯女士說。「我妹妹每次提到這個故事都哈哈大笑。她說，她當時最擔心的就是自己腳上只穿著阿拉伯式珠寶拖鞋，而且在爬進救生艇以及爬到外面的時候，腳踝竟然從袍子底下露了出來。」另一位女乘客跟我不約而同地往下看著自己的雙腳，臉頰發紅，想起我們在某些場合最關心的就是穿著打扮。

尼爾森回想自己在航運業聽到的消息，告訴大家，有一艘跟鐵達尼號類似的輪船原本打算取名為「蓋坦尼號」[2]，但沉船事件發生之後，擁有那艘船的白星航運公司把船名改為「大不列顛號」。「我想他們不願再用這麼自大的名字，免得招來噩運。」

「造成鐵達尼號沉沒的不是名字，而是冰山。」麥肯女士說，「你覺得我們也是碰到相同的狀況嗎？」

「我們並沒有撞到冰山。」哈戴先生說，「鐵達尼號沉沒之後，橫越大西洋的船隻就改走較南邊的航線，免得悲劇重演。」

辛克萊先生補充說明，在鐵達尼號事件中，救生艇上的人在四小時內就被救起。這個消息符合哈戴先生之前說的話，因此我們都相信自己即將得救，甚至早該獲救了。

2「鐵達尼號」的英文原名 Titanic 是指「巨大的」，「蓋坦尼號」的英文原名 Gigantic 也有這個意思。

哈戴先生告訴大家，鐵達尼號沉沒後，有關當局已修改相關安全規章，但實行時顯然出現疏失。此外，當時亞歷山德拉皇后號冒著大火，船身傾斜，很難把救生艇垂降至海面，加上乘客仍搞不清楚狀況，手足無措，陷入一團混亂。

「當時我躺在床上，被敲門聲嚇醒。」芙蕾斯女士特說。她個性沉默，年紀稍長，我在輪船上見過她。「我吃完午餐就回房小憩，我丈夫柯林則在某處玩牌。我的第一個反應是他又喝醉了，所以跑來猛敲門。現在我很擔心他，但他應該可以逃過一劫吧。」

救生艇上的我們都已死裡逃生，要生還似乎並非難事，但在我們虎口餘生之際，也有很多乘客遭遇不幸，例如：我們先前親眼看見有父母把嬰兒扔進海裡，以免他們被火燒死。

伊莎貝爾問：「為什麼他們本來把我們的救生艇往下放，後來又往上拉呢？」她轉身面向哈戴先生：「你一定知道他們為什麼要那樣做。你當時也有幫忙降下救生艇吧？」

哈戴先生那天原本十分健談，這時忽然沉默下來，只回答說：「沒有。」

伊莎貝爾接著問：「我們這艘救生艇被往上拉的時候，有位小女孩的頭撞到我們船身的側邊，你覺得她有搭到下一艘救生艇嗎？」

「什麼小女孩？」芙萊明女士問。她對生死未卜的家人已不敢抱持多大的希望，即使其他人都沉浸於樂觀的幻想，但她不為所動。

「就是那位在我們這艘船要下水時，被撞開的小女孩。」

「有人被撞開？是艾美嗎？妳說的該不會是艾美吧？」芙萊明女士說她丈夫跟女兒趕著要搭上救生艇，卻被人群擠到後頭，等她發覺時已經太遲。「他們就在我後面！那時候我的手腕不知道怎麼弄傷了。我丈夫高登把我往前推。我想他們就在我後面！」

漢娜朝伊莎貝爾瞪了一眼說：「她完全搞錯了。根本沒有人撞到頭。」接著她虛構了一個故事，說她看到有一艘幾乎全空的救生艇在搭救落水的人。格蘭特女士信誓旦旦地說，她也有看到那艘救生艇，而且她不准別人否定她的說法。接著她突然轉移話題說，有人看到史密斯夫婦最後是坐在躺椅上抽著菸。「史密斯先生說：『先救婦女跟小孩。』史密斯太太則說：『我每次都跟丈夫一起下船，這次也絕對不會先走。』」後來我聽到一個大同小異的故事，只是場景換到鐵達尼號，我忍不住想著，這些是否為真實事件，或者格蘭特女士只是想轉移芙萊明女士的注意，所以挪用了這個故事。

「這就是真愛。」瑪莉・安恍恍惚惚地說。

船難的死亡與恐怖變得浪漫夢幻，別具意義。當時亨利也為我做了差不多的事，只是他沒有說出海誓山盟，也沒有抽起菸。我試著忘記當時他臉上的驚恐表情。那時他把我推向哈戴先生，央求他讓我上救生艇，我想親吻他的臉頰，要他答應跟我一起上船，但他只急著跟哈戴先生說話，而我因太過驚嚇，沒聽清楚他最後所說的話，也沒有向他道別。我寧可想像他坐在躺椅上向我揮手道別，而不是想著他在冰寒漆黑的海裡死命掙扎，奮力地想抓住漂浮著的殘骸。其實，我最想看到的畫面是——當我抵達紐約時，他正身穿我們結婚時的那套西裝等待我。

亨利總有辦法在高朋滿座的餐廳弄到位子，也有辦法拿到歌劇門票。諷刺的是，亨利就是施展這種魔法才訂到亞歷山德拉皇后號的船票。歐戰一觸即發，許多人亟欲返回美國，頭等艙的船票又格外稀少，但我問他怎麼買到船票時，他只說：「這是個小奇蹟。就好像我本來以為自己必須娶菲莉思蒂．珂洛斯，結果奇蹟發生了，讓我遇見了妳。」

這時哈戴先生說：「輪船上有足夠的救生艇。共計二十艘，各能容納四十人。」雖然我們只是門外漢，卻都看得出那些救生艇無法容納四十人。不過，這還是一句有用的謊言，讓我能說服自己相信亨利已死裡逃生，儘管我目睹了亞歷山德拉皇后號在最後陷入一團混亂。直到後來我們才知道，輪船右側的救生艇幾乎全遭烈火焚毀，沒被燒毀的救生艇也只坐了一半的人。

下午四點，我們吃麵包配起司。馬許上校有一只很大的懷錶，哈戴先生叫他負責注意時間。有時候哈戴先生會大喊：「幾點了！」馬許上校便從口袋掏出懷錶回答他。他報時的模樣看起來像是身懷重任，但另一方面又似乎想盡量低調，不要顯得一副這個任務有多重要的樣子。稍早時，哈戴先生提到如何以懷錶測量我們所處的經度，他們互相討論許久。馬許上校也許是因為接下了報時任務，所以大膽向他說：「你可以給我們更多食物嗎？貿易航線上的船隻隨時就會出現，所以我們剩下的食物看來相當充足。」

他說得沒錯，餅乾罐跟裝著飲水的桶子確實占據船尾的許多空間。然而哈戴先生並不打算改變目前食物與飲水的分配量。起初我們會嘲笑這件事。「哈戴先生是個嚴格的老師。」我們打趣地說。縱使我們對彼此幾乎一無所知，船上仍開始形成一種人際網絡，而哈戴先生位於正中央，就像是嵌在一顆珍珠中央的一粒砂。

雲朵高懸在天上，轉為粉紅與金黃，像是一片彩繪天花板，不時灑落幾道白色銀光。「看啊！」旅館老闆娘海薇特女士大喊。大家安靜下來，救生艇沐浴在一道陽光之中而我們與之漂流，心生敬畏，受到啟發。

瑪莉．安突然高聲唱起聖歌：「哦，上帝，人們千古的保障。」果然，一位名叫麗榭特的法國女僕哭了起來。直到聖歌唱完，雲朵才開始飄動，而救生艇籠罩在雲層的陰影之下。

我們議論紛紛，討論著這個自然現象或該說是超自然現象有何意義。

執事先生說：「我認為那道陽光代表我們是被選中之人，命中注定要在這艘船上一起獲救。」

「我們根本還沒獲救。」漢娜說。

這時我開口說出那句知名諺語：「天助自助者。」

但我才講出這幾個字便噤口不語，因為我發覺格蘭特女士正在看著我，她的眼神帶有評判與打量的意味。她並未跟大家一起歌唱，反而縮進自己的世界，冷眼看著大家為了宏偉天色而感到休戚與共，為了死裡逃生而充滿感激之情。哈戴先生詳細列出船上的剩餘物資，修正先前的說法，認為食物與飲水只夠撐三、四天，但大家仍懷抱希望，覺得這些就已足夠。

# 夜晚

夜晚降臨後，我們更常唱歌。漢娜似乎很快就跟格蘭特女士變成朋友，或者她們兩人原本就認識彼此。她以古怪的眼神盯著我，我不禁伸手摸著頭髮，擔心自己看起來的模樣。她有一雙灰色的眼睛，長髮綁成厚髮辮隨風飛揚。她的肩膀上有一片薄薄的布料，隨著微風輕輕飄動，像是女神化成的一隻鳥正在輕輕振翅。輪到她負責把水舀到船外的時候，她跟我身旁的人交換位子，然後將手搭上我的肩膀，在我耳際輕聲說，即使是在這種地方，我看起來依然美麗動人。這使我感到前所未有的快樂，是一種奇異的愉悅感。我很高興能死裡逃生，也很開心能獲得別人的注目。我的臉頰感受到她呼出的溫暖氣息。她離開我身邊時，我們凝視彼此久久。夜風將一綹頭髮吹到她的唇畔，我伸手替她撥開，把那綹髮絲撥回她的肩膀上。我想向她微笑表達自己的感受，但現在回想起來，我不認為我有那麼做。

哈戴先生在那天稍早前也曾盯著我看，使我渾身發冷，感覺既沉重又輕鬆。他似乎直接把我看穿，就像我跟空氣一樣無實質形體。他也把我的內心一覽無遺，我不禁感到驚恐。加百列大天使降臨之際，聖母瑪麗亞想必也有這種恐懼。漢娜也使我害怕，但不像哈戴先生那麼強烈。我反而很高興，覺得我跟她能成為朋友。

這時一位名叫庫珂的端莊女士打破沉默：「潘妮洛普．坎伯蘭是不是在另一艘救生艇上？」但沒人回答。過了一會兒，我說我也認識她。

「妳還記得她跟她丈夫是怎樣走到船長那一桌嗎？他們那副模樣真是不可一世，潘妮洛普根本就狗眼看人低。他們那種人不會想到，別人其實也瞧不起他們。有一天我聽到他們在吵架，感覺坎伯蘭先生似乎沒有外表上看起來那麼闊綽。他妻子跟他說：『可是我們不能坐這裡，我沒有適合這種場合的衣服！』他回答：『不會有人注意妳穿什麼！』『你又知道別人會不會注意了？』她立刻回嘴，然後氣憤地走掉。」

幾分鐘後，庫珂女士低聲對我說：「當然，我每次跟她面對面的時候，她的舉止都很優雅迷人，但我知道她心裡在想什麼。她想的是我沒有跟船長同桌；她想的是同伴跟僕人沒什麼兩樣，要不是因為麥肯女士的關係，我才沒辦法踏進頭等艙；她想的是麥肯女士沒有結婚，而未婚女子的社會地位比她那些已婚婦女矮了一截，因此麥肯女士需要同伴。還有，船長是用哪種眼神看她的呀！不好聽的名聲早就傳出來了！記住我說的話。」

我覺得庫珂女士對坎伯蘭夫婦的批評不太公允。她對潘妮洛普之所以懷有敵意，完全只是因為潘妮洛普會招蜂引蝶，但坎伯蘭先生基於某些原因而不以為意。我覺得潘妮洛普極富魅力，但她的丈夫則有些無趣。不過，我也明白做妻子的本來就容易遭人非議。我試著指出只有私下受邀的人才能跟船長同桌，而且我也了解，邀請的標準取決在個人的社會地位。換言之，坎伯蘭夫婦應該沒有陷入困境，也沒有私下耍什麼小手段。

「我就是這個意思！」庫珂女士說。她對我的說法不為所動，對潘妮洛普的敵意也絲毫未減。「他們沒有社會地位，而且也沒有錢！我有一次聽到那位先生在跟舒特船長說話。我沒有聽到確切的內容，可是有清楚聽出主要的意思。那次談話之後，他們每次都比其他人更早進去餐廳，還要求先入座。葛瑞絲，妳跟船長同桌，是嗎？坎伯蘭夫婦有解釋過他們為什麼會開始與你們坐在一起嗎？」

「他們沒跟我說，我也不會去問。根據我的經驗，我們可以想出各種理由去解釋某件事為什麼會發生，可是真正的原因卻永遠不是我們所想的那樣子。」我確實知道坎伯蘭夫婦的一些祕密，但我答應要守口如瓶，而且實在沒有必要告訴庫珂女士這種喜歡說三道四的人。

當然，試圖停止庫珂女士的疑神疑鬼，就像要使正在湧起的海浪忽然消失一樣，根本不可能，她仍繼續她的歸納與推測。她覺得自己是一位說故事大師，旁邊的人都會全神貫注地聆聽，如果他們有疑問，她就編造細節與推論以滿足聽眾。現在她說：「人一旦習慣有錢之後，就很怕哪一天自己會變得一貧如洗。葛瑞絲，妳跟溫特先生過著很舒適富裕的生活，我沒說錯吧？妳會不會擔心有一天無法再過這種生活呢？」

以前就有人告訴我，最好不要聊到關於金錢的話題，因此我斷然回答家裡的錢都由亨利處理，我幾乎不曾想過此事。

庫珂女士的故事都很私密，她時常用像是在告密的方式，輕聲低語說給有興趣的人聽，因此他們必須坐在旁邊，有時，甚至還必須靠得更近才能聽到她在講些什麼。相較之下，辛克萊先生帶有學者作風，所說的通常是他在書上讀到的事物。他聲音洪亮，常說整艘救生艇上的人都是他的聽眾，在晚上尤其如此，因為聲音在夜裡似乎比白天傳得更遠。我不知道為什麼會聊到關於回憶的話題，總之辛克萊先生告訴我們，早在西元前四世紀，亞里斯多德便從科學角度談論回憶。

「亞里斯多德認定記憶只跟過往有關，與現在和未來無關。」他說。但霍夫曼先生語帶嘲諷地打斷他：「這種事誰不知道！」

我叫霍夫曼先生不要插嘴，然後辛克萊繼續說了下去。「亞里斯多德說，就連遲鈍的人也擅長『記憶』，但只有聰明的人擅長『回憶』。」

我不記得他接下來說了什麼，但明白他要說的是，不會有「現在」的記憶，只有我們的感官認知。「記憶」是對過往事件的一種回溯印象，至於「回憶」本身就是一種回溯行為，可以讓人取回原本無從取回的記憶。寫下這份紀錄會涉及很多回憶，因此我才想起這件往事。有時候我回憶起一件事，後來腦中又浮現另一件事，下一件與下一件事紛紛浮現，像是一串長長的連鎖反應。

另一次，辛克萊先生跟我們提到佛洛依德，說他徹底改變了心理學，寫過許多關於「遺忘」的文章，但很少提及「記得」。他說「遺忘」跟生命驅動力有關，而生命中最重要的目的就是生存與繁衍。不管怎麼說，我都覺得辛克萊先生的話比庫珂女士有意思，但其他女性比較喜歡聽庫珂女士說別人的閒事。

今晚沒有月亮，空氣變得越來越鬱悶而潮溼。沒有發生什麼壞事，只是哈戴先生跟霍夫曼先生說今晚會下雨，使我傍晚時的好心情漸漸消失。大家想像著夜雨可能帶來的慘況，忽然不安地乾笑起來。

於是大家不再交頭接耳，只是各自想著心事。海水撫過船底，發出音樂般的聲響。奇怪的是，前幾個晚上我們都能沉入夢鄉，既沒有輪流換進「宿舍」，沒有倚靠彼此，也沒有把頭枕在別人的大腿上。我們認為，這是因為大家雖然疲憊且驚魂未定，但仍心懷希望，想著回家之後要如何分享這段經歷。這時沒人知道我們後來會更為疲憊，更加受驚嚇。

半夜有一陣叫聲把我吵醒。某位男士大聲說著遠方有燈光，但沒人附和。我努力望著黑夜，卻什麼也沒看見，後來便再度沉入夢鄉。我在黎明之前醒來，起身，打算走向亨利跟我在輪船上房間內的小廁所，卻忽然想起自己身在何處。我把瓢子放在衣服下方，開始小解，然後仔細調整服裝，並避免引起別人注意。有些男士會毫不在意地當眾解開褲帶，朝海面直接小便，我有些討厭這種行為。然而隨著時間流逝，這件事逐漸不成問題，因為我們很少喝水，也就不常小解。儘管如此，我們仍會互看不順眼，只是換了不同的原因。

# 第四日

半夜那個誤以為（至少此事未獲證實）看到燈光的事件，終究還是對大家造成不良影響。雖然有些人提出沉船時的不同印象，但昨天下午的耀眼陽光與歡欣歌唱已然遠去，失望感瀰漫全船，大家變得愁眉不展。天空烏雲密布，使得大家更是愁雲慘霧。我左右觀望，周圍盡是灰暗天空相連著灰暗海面。

哈戴先生說：「溫特女士，現在的雲不是白色吧？」瑪麗亞再度站起來拉扯著衣服。「坐下！」哈戴先生大吼，「否則我就把妳綁起來！」

格蘭特女士大聲問：「昨晚是誰看到燈光？」

「坐那邊的普利斯頓。」辛克萊先生說，「是普利斯頓。」

「我看到了。這不是我編造出來的。」普利斯頓先生是位正經的圓臉男子，這時急得氣喘吁吁。

「在哪個方向？」格蘭特女士問，「你還記得嗎？」她的語氣聽起來就像是問旅館在哪裡。

普利斯頓先生看起來像是鬆了一口氣說：「逆風差五度角。」

哈戴先生有先教我們如何依照風向或船頭位置，以各種角度或時鐘指針方向來表示方位。因此，當普利斯頓先生說完後，我們都伸長脖子望向救生艇的右側，彷彿那裡會有什麼東西。格蘭特女士的語氣十分嚴肅誠懇，我立刻感覺到普利斯頓就是希望別人能這樣尊重他的說法。

哈戴先生說：「在過去一小時內，風向已經改變了四十五度。」他說完便指向另一個方位。

「噢。」普利斯頓說。他顯得很喪氣，擔心別人會覺得他並不可靠。「畢竟我只是一個會計人員，不是船員。不過，會計人員可是出了名的精準。我是個很謹慎的人，記性也很好。你們可以跟認識我的人打聽看看，我說看到燈光，那麼就是真的看到燈光。」

「請大家注意這邊！聽我說！」格蘭特女士以大家都聽得見的音量喊著。她之前說話有力但不大聲，因此我很驚訝她竟然有這種音量。「普利斯頓先生看到的燈光是在那個方向出現。」她朝哈戴先生指的方向點了點頭。「我們應該睜大眼睛觀察。哈戴先生先生，我建議你注意時間。我認為應該把大家每四人分成一組輪班，在一小時的值班時間內，每組的四名成員各自留意九十度的範圍。」接著她將大家分成九組，但不包括哈戴先生，當然也扣除了漢娜和她自己。她表示他們三個會負責其他任務，有需要時也會出面協助。格蘭特女士發言的時候，哈戴先生始終面無表情。我認為他不喜歡聽女人發號施令。

那天早上，大家一再詢問哈戴先生對那道燈光的看法，但他不置一詞。也許他不喜歡格蘭特女士還未徵求他的意見便擅自分配新任務給大家。「就快來了。」他只回答這句話，但並未明說是什麼東西就快來了，只任由我們自行想像。起初我認為他的意思是很快就有船隻前來搭救我們。後來，一波海浪濺到我身上，我忽然感覺到他是指雨水即將落下。但是，最近這幾週，我反而相信他指的是截然不同的事。他要說的是格蘭特女士與他之間的明爭暗鬥，也許他的領導地位會動搖，也可能大家會明辨是非，決定全心聽從他的指揮。只是，當時沒有任何跡象使我想到這一點。

哈戴先生分發餅乾給大家當早餐，再遞出裝滿飲水的錫杯，並告誡我們每人不能喝超過三分之一杯。我只喝自己的分量，但很少人像我這樣聽話。哈戴先生以冷峻眼神看著大家爭搶杯子，使得珍貴的飲水有部分因此潑灑出來。「看看你們，跟小孩子沒啥兩樣。」他說。在那之後，他每次都倒好確定的分量，再一次一杯地分別傳給每個人。

芙萊明女士再度大聲哀怨著自己的女兒不知是吉是凶。伊莎貝爾大喊：「她有權知道！換作是我也寧願知道真相！」儘管格蘭特女士以嚴肅語氣要伊莎貝爾別亂說話，但普利斯頓仍開口說：「我也看到了！」芙萊明女士聽到後，立即起身一路跨過我們的雙腿，爬向坐在船尾的伊莎貝爾與普利斯頓。她緊緊抓住他們的袖子，急著問：「看到什麼？你們看到了什麼？她坐上哪艘救生艇？她沒坐到下一艘救生艇，對吧？不是害每個人都掉進海裡的那艘吧？」普利斯頓先生緊張地看著芙萊明女士，再望向格蘭特女士，但始終不發一語。

「該死的，快說啊！你不能只把話說到一半！」芙萊明女士放聲大吼，她骨折的手腕左右搖擺，顯得不太自然。「下一艘救生艇整個翻覆，這是我親眼看到的。艾美跟高登到底有沒有在那艘救生艇上？」

「那個不……」普利斯頓先生開口。

「說下去，告訴她吧。」霍夫曼先生說，「你說過你看事情很準確。」

「對啊，快跟我說！」她再度高聲叫喊，並從積水的船底站了起來（儘管我們辛勤舀水，海水仍不斷濺進船底，越積越深。）我伸手抓著她，想要幫她，但最後是漢娜幫她擠進瑪莉．安與我之間。格蘭特女士則重新替她繫好吊腕帶，還用毯子裹好她的肩膀，因為她渾身發抖而且衣服也都溼了。

「傷害已經造成了。」霍夫曼先生說，「你就把話說完吧。」

「你也看到她了？」芙萊明女士以發狂的眼神盯著霍夫曼先生，而他說：「沒錯，我確實看到了。」大家沉默不語。面對這種絕望的局面，連執事先生都縮進他身上那件鬆垮的外套裡。

霍夫曼先生冷靜地說：「他們把那艘救生艇重新往上拉的時候，她的頭被船身撞到了，然後摔出船外掉進海裡。她很可能已經淹死了。」

「很難說。」漢娜說。「我們無法確定這件事。」

「也許她獲救了。」執事先生柔和地說。我知道大家都想起那位繫領帶的小男孩，想起哈戴先生與尼爾森先生如何以船槳驅趕那些游來求救的人。芙萊明女士渾身顫抖，完全無法控制，反覆地說著：「謝謝你。能聽到真相也好。」但我覺得當時情況混亂，霍夫曼先生說的話未必可信。

就在天黑之前，兩名幾乎沉默不語的義大利女子忽然瑟縮在一起，盡量倚靠彼此，緊緊抓著對方。雙腳不良於行的辛克萊先生幫忙翻譯她們的話，告訴大家說她們先前禱告時得到天啟，知道救生艇上有半數的人會喪命。「也就是說有半數的人會活下來。」格蘭特女士說。她顯然不願大家再談論這個話題。

芙萊明女士似乎稍微冷靜下來。我認為這是我的功勞，因為是我握著她的手，並安慰她說：「那只是他們隨口說的故事罷了，不一定就是事實呀。」然後我告訴她關於我跟亨利短暫卻快樂的婚姻，還有我們計畫回家之後就要舉辦婚宴。然而，芙萊明女士竟然說出使我大吃一驚的話：「既然我們都直言不諱，那就老實說吧，葛瑞絲根本就不該待在這艘救生艇上。」

「沒這回事。」瑪莉．安以安撫的語氣說。她向來以這種語調跟芙萊明女士說話。

「妳可能沒看到，瑪莉．安，但是我看到了。這艘船會超載就是因為葛瑞絲的關係。妳有聽到霍夫曼說的話嗎？有聽到他說他們是如何先把船降下來，卻忽然又把船往上拉，之後才繼續往下降？哈戴先生負責協助大家爬進救生艇，他原本已經把我們這艘船往下降了，可是葛瑞絲跟她丈夫出現了，還向他說了一些話。葛瑞絲，妳丈夫當初跟哈戴先生說了什麼？我們所有人都想知道。我之所以會看到，是因為我想知道我的艾美有沒有坐上救生艇。她那時就跟在我後面，因為我的手受傷，所以他們叫我先上船。要不是我確定我女兒跟著我，我根本不會自己先上船。妳丈夫到底承諾了哈戴先生什麼？那時他們把船往上拉，然後哈戴先生跟葛瑞絲就坐進來，那正是霍夫曼看到艾美被船撞到的時候。要是葛瑞絲不肯說，也許哈戴先生會說？」

「把船往上拉是為了讓船身保持水平。」哈戴先生大吼，「當時輪船幾乎傾斜二十度，甲板上又油又滑，大家都得幫忙抓住彼此。我倒想見識一下妳在那種情況下會怎麼操作滑輪！」

「他們是為了你跟葛瑞絲才把救生艇往上拉——這是唯一的原因。我親眼看到的！」

「什麼？」我說。我對自己怎麼坐上救生艇完全沒有印象，只記得船艙冒出濃煙，四周人群已陷入恐慌，我緊握亨利的手，照著他的指示，盲目地跟著他一步一步往前走，最後雙腳離地，坐進救生艇。我的頭腦一片空白，喃喃說著毫無意義的字句，並且伸手抱著芙萊明女士。

但是她毫不放棄地說：「救生艇這麼擠到底是不是妳的錯？小艾美會死掉到底是不是妳的錯？」她的聲音變得低沉且沙啞，此時大家已開始討論其他的事，他們應該是沒有聽到我們的對話。

只有瑪莉．安聽到了，她想幫我解圍，試著安撫芙萊明女士說：「親愛的，船上多一人或少一人並沒有什麼差別。」

「不只差一個人。」芙萊明女士低聲說，彷彿在揭露什麼駭人機密，「她和哈戴先生，總共是兩個人，不是嗎？我怎麼算都是兩個人。」

「那真該謝天謝地。」瑪莉．安說，「要不是有哈戴先生，我們就慘了。」

「就算有他，我們也會很慘。」芙萊明女士聲音沙啞地說，「妳最好記住我的話。」

瑪莉．安與我交換了眼神，而芙萊明女士則陷入筋疲力盡後的沉默。那個下午我繼續摟著她，像安慰小孩般輕聲說著鼓勵的話語。她似乎睡了一會兒，但一醒來便說：「那個人該是你才對。艾美現在應該在我身邊的，可是妳丈夫付錢讓妳搭上這艘船，是吧？也只有這個可能了。要不是妳有幾個臭錢，這艘救生艇才不會超載。要不是妳有幾個臭錢，小艾美就不會死。」

我始終冷靜以對，畢竟她現在只是傷心欲絕在胡言亂語。我回說亞歷山德拉皇后號上的每個人都有買船票。「妳別隨意曲解我說的話。」她起初語調平緩，後來又失去理智，放聲大喊：「在我身邊的應該是她！在我身邊的應該是她！」要三位男士過來才壓制住她。她終於安靜了下來，頹然地坐在漢娜與我之間，也許再度睡著，也許陷入恍惚。瑪莉．安接替我舀水的工作，免得吵醒她。

太陽尚未西沉，但被雲層所遮掩，光線漸漸變暗。在微光中，我看到芙萊明女士已恢復冷靜。她開口要水瓢時，我以為她想小解。沒想到她居然是想舀起海水來喝。我沒有親眼看到她這麼做，但夜裡她渾身顫抖，我替她把落下的毯子重新蓋回她的肩膀上。漢娜和我輪流緊緊抱住她。她一度喃喃說著顛三倒四的話，隔天早上她便死了。後來，霍夫曼先生跟哈戴先生站在同一陣線，格蘭特女士便以這起事件做為例子，認為霍夫曼先生洩漏的真相害死了芙萊明女士。

# 亞歷山德拉皇后號

救生艇上的其他人談論著他們在亞歷山德拉皇后號上看到哈戴先生的情況。他們說他在輪船執行勤務時一臉陰暗，顯然是內心邪惡。至於我則是在船難當天才第一次見到他。

在我眼中，船員跟服務生就像制式的家具，依照乘客——也就是亨利跟我——的需求與便利而設置。我整個人正處於心醉神迷的狀態，不只是因為輪船的宏偉壯觀，還有我越來越確定亨利不僅個性好，教養好，而且很富有。在倫敦的時候，亨利帶我買了許多新衣，讓我後來在甲板跑上跑下時，彷彿像位精靈公主。我對周遭環境有的小心注意，有的則視而不見。我留意到華麗的水晶吊燈與精緻的香檳酒杯，欣賞夕陽在西方天空揮灑出整片繽紛色彩，卻沒注意到輪船背後有一套精密系統，能使餐點準時供應，也讓輪船照常前進。我先前提過，我在船上見過馬許上校與芙蕾斯特女士。最後，我終於想起我在船上也見過麥肯女士。她時常跟人玩橋牌，或是在甲板一樓的閱覽室一動也不動地看著小說。但是，我不記得是否看過庫珂女士或是她的僕人麗榭特。

後來我有很多時間回想輪船上的大小事。有些我仍記得，有些則已遺忘。我試著運用辛克萊先生提過的那套關於記憶與遺忘的技巧。柯爾醫生告訴我，人的內心有壓抑創傷經驗的能力。我認為他說得沒錯，只是，有時候我覺得遺忘並不是一種欠缺，反而是必要的自然反應，畢竟每個瞬間有太多引人注意的事發生，但人的感官與大腦能意識到與處理的，也只有其中的一、兩件而已。

我記得一件關於亞歷山德拉皇后號船員的事。這艘輪船準備駛離利物浦之際，我站在欄杆旁，看見碼頭上擠滿揮手送行的人群，我看得目瞪口呆。舒特船長大步走過甲板，似乎在克制自己不要邁步飛奔。他的靴子發出劈啪、劈啪的聲響，身後跟著一群船員，他們奮力扛著兩個木箱，它們上面有許多道鎖。船長不斷往後看，低聲罵道：「你們這群笨蛋！」然後他再度直視前方，高聲大喊：「借過，借過。」很多乘客正望著碼頭上的親友與摯愛，他必須叫他們讓出一條路來。

「為什麼你們之前不先把這些箱子搬到保險室裡藏好？」他匆匆經過我時，對那群船員說：「這樣根本是此地無銀三百兩，就像是貼廣告歡迎小偷光臨！」

我隔著一段距離尾隨他們，每當船長回頭責備船員，我就假裝在觀望人群。他全神貫注在任務上，根本沒有注意到我。他走下樓梯時，我決定離得更遠，心臟撲通狂跳，彷彿觸犯了一條不成文的法律。儘管離得較遠，我仍然可以清楚聽見樓梯間迴盪的回音。不久後，他們停在事務長辦公室隔壁的一扇門前。船長大喊：「布雷克，你有帶鑰匙嗎？」我躲在暗處，隨後匆匆爬上樓梯，以免他們的注意力從眼前的任務轉移時會發現我，畢竟他們終究會如此。我認為那道門通往保險室，裡面存放著亨利在倫敦買給我的項鍊與戒指，還有他的家傳手錶。後來潘妮洛普告訴我，輪船上有兩個裝滿黃金的木箱，我一聽便知道她所言不假。

我對其他乘客不太在意；亨利卻對他們很感興趣，但始終不忘關心我。我對伴侶的要求不高，而他所做的已遠超過我的要求。只要我一句話，他就不會在吸菸室熬夜打牌或談論政局，但我從未對他提出這樣的要求。在亨利回房就寢前，我需要有時間在房間梳理頭髮，獨自整理東西。我喜歡望向窗外，凝視著明月在海面上的倒影。我也喜歡想著自己何其有幸可以遇到亨利，畢竟我原以為此生只能當一名普通的家庭教師。我們住的特別包廂十分安全也相當安靜，裡面鋪有亞麻地毯，設有陶瓷製的洗臉台，我可以在房裡回顧過去一年的日子，思索著每件事背後的意義。但我終究仍是覺得，我的父母過於軟弱。

那位合夥人不只欺騙我父親，更奪走了他的生命。父親為了那筆生意不只抵押了自己的辦公室，還包括我們所住的房子。最後卻發現自己從未握有生意所需的專利，因此飲彈自盡。他知道母親和我們這兩個女兒在知道他的死訊後會有何反應嗎？母親是手足無措且什麼都不管，任憑自己披頭散髮，在一間又一間的商店外走來走去，嚇得街頭乞討的小孩躲到水溝旁對她指指點點。姐姐米蘭達則是咬緊牙關，立刻決定去當家教老師，還鼓勵我一起加入，但我拒絕了。我跟母親有相似的消極反應，很想兩手一攤，等別人向我伸出援手；但另一方面，我也有一些像米蘭達一樣的果斷。也許父親就是有這份決斷，才會舉槍自盡，而非苟且偷生，承受著淪為窮人的屈辱。由此可見，性格裡的優缺點時常是一體的兩面，只是呈現的方式不同罷了。無論這個特質為何，總之，它在姐姐的性格裡根深柢固，對我則不然。不過，我承認母親在我還小的時候常說我很固執。父親才剛下葬，姐姐便開始溫習法文文法與算數技巧，後來她前往芝加哥，從那裡寄來許多信件，鉅細靡遺地描述她學生的日常生活與學業表現。不過，也可能我根本不果斷，也許就跟母親一樣，是個無可救藥的浪漫主義者。只是，我有幸獲得夢寐以求的浪漫與安全，因而免於發瘋。

我跟亨利剛出發前往倫敦時，奧匈帝國的皇太子正在走訪波士尼亞的首府塞拉耶佛，卻被塞爾維亞的愛國分子暗殺。奧匈帝國威脅要展開報復，對塞爾維亞開戰，因此有人勸我們縮短行程，能越快返回紐約越好。亞歷山德拉皇后號的乘客幾乎都在最後一刻才訂了船位，好盡快逃離歐洲。我們似乎落進國際情勢的魔爪之中，根本無力抵抗。早在沉船之前，歐陸情勢已使這趟返家之旅變得相當急迫。奢華的輪船與幾個星期前我的危險處境形成了強烈的對比。潘妮洛普跟我各以一隻耳朵聽那些男人的嚴肅對話，另一隻耳朵則聽對方胡言亂語，議論著自己不懂的國際事件。船長會聽取例行的無線電報，在晚餐時向大家報告。男士們說得口沫橫飛，各抒己見，針對上個月的事件發表自以為是的高論，藉以博取女士的歡心。奧匈帝國皇太子的妻子，蘇菲王妃已懷有身孕。潘妮洛普跟我聽到她竟然也遭射殺，子彈正巧貫穿她的腹部，這使我們覺得自己必須負責向大家展現出害怕的情緒，畢竟我們是女性，而政治事件很少會扯及到女性。然而，話題馬上轉到軍隊入侵，以及旋即而至的開戰宣言。

「真難想像，一位公爵的死會搞得天翻地覆。」我向潘妮洛普低聲說。

「他是大公爵[3]才對。」潘妮洛普說。她說完我們便笑了。其實我們比較常討論婚事，因為她也才新婚不久。此外，雖然我們兩人都承認，與周圍的熱烈議論相比，我們的閒聊根本無足輕重，但我們同時認為，如果世人都只關心婚禮，遠離戰爭，整個世界會變得更美好。

在我們變得熟稔之後，潘妮洛普湊在我耳邊說起悄悄話：「妳應該很好奇為什麼我跟我丈夫原本沒跟船長同桌，現在卻坐在一起。」我當然很好奇，但並未向她承認。「我丈夫在英國的一間銀行工作。」她說，「銀行指派他帶一大批黃金到紐約。」她告訴我，他的腰際繫著一把鑰匙，終日不離身。他必須與船長以及船上的銀行家們密切聯繫，而他們最好有辦法解釋彼此的關係，這樣閒雜人等才不會向他們東問西問。「這些黃金當然跟戰爭有關。」她低聲說。

3 一九一八年以前，奧國皇太子又稱為大公爵。

後來，亨利說他的銀行想跟她丈夫任職的銀行建立合作關係，希望我能多關照她。他說他的同事對歐陸局勢很感興趣，正密切關注，畢竟戰爭向來能帶來巨大的利益。

那次之後我就對潘妮洛普懷有好感。我也相信自己終於找到在這世上最適合我的位置。但她仍然感到膽怯，於是我盡力讓她相信她跟別人一樣有資格與船長同桌。我教她餐桌禮儀，借她兩件新洋裝，指導她走路時要抬頭挺胸，眼睛直視遠方的假想目標，還要使裙子搖曳生姿。我教她在不知如何應答時就面露微笑，但嘴巴不要張得太開。船長為了鼓勵她，決定讓她比大家更早進餐廳，彷彿這是她該得到的禮遇。「就算妳心裡不這樣想，」我告訴她，「也絕對要假裝一下。」

我跟亨利只有過一次爭執，地點就在亞歷山德拉皇后號上。他讓我相信他父母確實已知道他取消與菲莉思蒂婚約的理由。每當我問他，他都回答說：「他們全都知道。」或是「我不愛菲莉思蒂，所以不能與她結婚，這對她不公平。這件事我已經告訴過我爸媽了。」

但我終究發現他對父母隱瞞了我的事。「我們到紐約之後會發生什麼事？」我很想聽到答案。「你要怎麼解釋有關我的事呢？你最好先告知你父母！」

「我會花幾天先安排處理一些事，再當面告訴他們。」亨利說。「還有，我也要替我們找住的地方。但妳別擔心，妳可以挑選自己喜歡的窗簾以及家具來布置新家。」

亨利打算以裝潢的話題轉移我的注意力，就像漁夫會把閃閃發光的誘餌扔進水裡，希望能勾到愚蠢的魚，但我才不會上當。「那麼，我那段時間要做什麼？我要住哪裡？」

「妳不能先住在妳母親家嗎？我以為妳可以待在那裡。」

「她已經搬到費城跟我阿姨一起住了。而且我想跟你待在一起！」

亨利把一隻手搭在我的肩膀上，開口說：「寶貝。」他想摟著我，用手連續搭著我的肩膀三、四次，但每次都被我甩開。「你只想把我藏起來！」我想通了他的每句話，忍不住張口大喊。他發覺我毫不讓步，只好勉強答應當天下午就會去發報室，發一通電報給他的母親，並且把他會跟妻子一起回家的事情告訴她。我現在才完全了解到這件事有多重要。如果亨利沒有發出那通電報——而我開始懷疑他到底有沒有做——我們已結婚的證據便會跟他一起沉入海底，彷彿我們從未成為夫妻。當然，在倫敦的法官那裡會有我們結婚的紀錄，但他身處遠方，而且英國正陷入了戰火之中。

潘妮洛普和我都覺得世界似乎變得越大卻也越凶險，連從未聽聞的國家都能把我們捲進戰端。當我寫下這些事時，卻覺得即使世界崩解為只有一艘救生艇的大小，依然可以危機四伏。在救生艇上的時候，我時常思索著世界是否有最適合的大小，可以讓不同陣營各自發展，不會開啟戰火，而我能過著高枕無憂的日子。小時候，我以為家裡的生意平順安穩，沒想到後來父親損失鉅款，飲彈自盡。母親只看一眼光亮地板上凝結的血，手裡新縫的亞麻錢包便立即掉落在地，整個人幾乎當場發瘋。我原本也以為亞歷山德拉皇后號安全無虞，天真地以為自己擁有一切想要的東西，就連從未奢望的東西都擁有。然而，這一切也是幻覺罷了。我不禁懷疑人所能期盼的只有幻覺與運氣，而我也不得不做出結論：基本上，這世界就是危機四伏。這個教訓我永生難忘。

# 第二部

# 第五日

一直到執事先生替芙萊明女士禱告，哈戴先生與馬許上校把她的屍身放進大海時，才有人發現四周只剩一艘救生艇。另一艘已在半夜裡消失無蹤。在芙萊明女士過世之後，接著就出現這種壞消息，我敢說大家都沮喪不已，但哈戴先生卻反常地精神奕奕，還說要替大家捕一條魚。他拿出腰際上的一把長刀，從船側探出身子，盯著大海，把刀高舉在頭上。雲朵早已消散，陽光照得海面呈現半透明的水色，宛如光彩奪目的珠寶。沒過多久，哈戴先生便將刀子插進海裡，把一條大魚拉到船上。這條魚大約有九十公分長，體型較扁，帶有棕黃斑點，在船上翻動掙扎。哈戴先生拿起刀子，從魚鰓一路切到肛門，那條大魚掙扎兩次後就再也不動了。

「晚餐。」哈戴先生說。他舉起那條魚，魚身在陽光下閃閃發亮。

伊莎貝爾問：「我們要生吃嗎？」

哈戴先生回答：「不是。我們會用嫩煎的方式處理，再搭配奶油大蒜醬汁。」

我雖懷疑，卻立刻信以為真，畢竟哈戴先生一向說到做到。當哈戴先生把鮮血淋漓的生魚肉傳給大家時，他的雙手仍布滿鮮紅黏液。我則是靠著想像力，才有辦法吃下生肉卻不覺得噁心。葛莉塔差點就來不及越過格蘭特女士好趴在船側張口嘔吐。瑪莉．安根本不肯吃，我只好叫她想像著現在是她的婚宴，侍者剛送上鮮魚佳餚。她聽完我的話才勉強吃下去。

我慢慢吃著自己的魚肉，細細品嘗。魚肉含有水分以及蛋白質，對我們逐漸消耗殆盡的身體機能而言，是十分珍貴且極度需要的營養。或許是因為哈戴先生在清除魚內臟之後，以海水清洗魚肉，所以肉帶著一絲鹹味。最令我意外的是魚肉的口感。生魚跟煮熟的截然不同，不會碎成一塊一塊，而是很緊實——幾乎是活生生的。我當然參觀過牧場，見過養牛養豬的情況，就連在大城市也買得到活蹦亂跳的雞隻，或是看得到現場宰殺的雞，因此我並不無知，很清楚食物原本就是活生生的家禽家畜。然而，這塊魚肉使我感受到生命與死亡的一線之隔，明白不管人類用了何種花俏的菜名，例如：法式紅酒燜香雞，極饌炙燒鮮蠔，紐堡醬佐鮮龍蝦，終究無法掩蓋一個殘酷的事實——為了自身生存，必須犧牲其他物種。

這條魚為大家帶來一種正在度假的好心情。安雅．羅勃森叫小查理想像他是在吃海綿蛋糕。大家聽到安雅的話，決定輪流說出自己最愛吃的食物，然後想像我們正在享用那道美食。馬許上校聊到軍隊配給食物的笑話。麥肯女士細數並描述他們家在週日晚上通常會有哪些菜餚，因為講個沒完，大家只好叫她別再說下去了。瑪莉．安當然只是把我剛才提到的婚宴佳餚重複一次。輪到我的時候，我卻說：「對現在的我來說，生魚肉就超級美味。我越吃越喜歡生魚的味道！」

「這樣就好，因為你們明天還會有更多的生魚肉可以吃。」哈戴先生說。他說這句話時，視線對上我的雙眼，我們久久望著彼此。他的下巴稍稍點了一下，好像是我剛說的話讓他感到滿意。我也點頭示意，且整個晚上，我都在反覆想著這次的簡短互動。我一直等著跟哈戴先生能有所交流，但早已不抱期望。後來我試著再對上他的視線，但他不是沒注意到我，就是假裝沒看見。我希望自己能滿足於他先前給我的微小認可，別再奢求其他互動。

普利斯頓先生看見燈光的那段插曲使我們喪失了信心，但哈戴先生捕到魚這件事則讓我們終於得以振作。捕魚似乎太過輕而易舉——前一分鐘哈戴先生才解開刀子，探頭望向大海，下一分鐘他便從海中拉上大魚。後來他再度施展獵魚技巧，瑪麗亞跟麗榭特便開始不時以崇拜的眼神凝望著他。

執事先生向那條魚念了某種咒語。儘管我們都只分到一小塊魚肉，卻感覺到身體確實得到滿足。因為，我們再度相信上天有好生之德，也因為我們明白，哈戴先生只要把刀子插入海裡，便能捕獲使我們得以生存的食物。只是，在那兩次之後，我們再也沒抓到一條魚。日復一日，我們期望大海再度展現豐饒的一面，每當哈戴先生沒抓到魚時，我們會認為這不是因為運氣不佳，而是他故意不捕魚，或是因為不久之後開始颳風，海面波濤洶湧才難以看清。我們享受了整整五天的風平浪靜，如今已成過去，彷彿那只存在我們的想像之中。

魚變成一個印記，象徵著兩件事情：哈戴先生想做什麼，就能做到，以及，只要我們服從，不再質疑他的計畫，他就可能給我們一些好處。之後，他始終無法再提供任何食物，但這不是大家開始不滿的唯一原因，他還不斷預測氣候會改變。「等天氣改變的時候，你們就會明白船上有太多人了。」但我們不想聽到這種話。就算他說得沒錯，我們也不知道該如何面對那樣的狀況，這使我們感到不悅。難道我們該像芙萊明女士那樣死去嗎？憤怒與質疑開始在大家心中滋長。不過，在第五天傍晚，我們那時還很感激哈戴先生展現神技捕到一條大魚。

執事先生喜歡講述《聖經》裡的故事，趁機告訴我們「二魚五餅」的典故。每當他講起寓言或聖詩，瑪莉．安跟伊莎貝爾便停下手邊的事情。安雅．羅勃森會讓小查理坐在她的大腿上，不再蓋住他的耳朵。我必須承認，聽到熟悉的故事，我也能感到平靜，雖說有些故事其實非常駭人。人們愛聽重複的故事。儘管故事結尾是人人死於洪水，唯獨諾亞逃過一劫，大家依然想聽完結局。執事先生會說著大家耳熟能詳的故事，再指出故事中與我們目前處境的關聯之處，而諾亞方舟的故事就相當的貼切。執事先生講起故事十分天馬行空，富於想像力。他提到摩西橫渡沙漠並分開紅海，再把故事內容與我們的處境相提並論。他教大家〈海之頌〉——這首詩歌講述上帝使惡人像石頭般沉入海底，唯獨獲選之人可以幸免於難。這樣一來，當我們終於獲救時，便能吟誦這首詩歌了。

辛克萊先生告訴大家，諾亞方舟原本是異教徒的古老故事，後來才改編為《聖經》裡的版本。「巴比倫人的故事不只有大洪水，還包括其他相似的元素，例如烏鴉與鴿子。這絕對不是巧合。」他說。執事先生立刻表示這是異教邪說。瑪莉．安看似有些焦慮，但主要不是為了邪說的論點，而是不知道執事先生與辛克萊先生之間她該支持誰，而我告訴她，我也一樣。幸好，辛克萊先生不只學問淵博，還討厭紛爭，選擇引用古代作家薄伽邱[4]的名言緩和爭議。他引用的段落是在說世人多半喜歡相信壞事，而不願相信好事，以及如果沒有神話故事便無法產生詩歌。

隨著日子一天一天過去，我甚至懷疑起哈戴先生根本沒有捕過魚，大家只是共同經歷了一場白日夢。當下的一切似乎凝結固化，靜止不動；過往的記憶如遭壓縮，遙遠飄渺，像是一段有待解釋的晦澀經文。我們彷彿生來就在這艘救生艇上，這裡存有歷史，以及我們與祖先和血脈的聯繫。未來則難以預見，甚至無法去想。誰能證明未來是存在的呢？或者它根本不會到來？就像魚的事，大家只能抱持著希望。

4 Giovanni Boccaccio（1313-1375），義大利詩人與作家。

# 夜晚

對於少許的食物能為我們的胃以及心智所帶來的影響，效果其實是很驚人的。當我們都瑟縮在一起，抵禦著夜晚的嚴寒。庫珂女士再度說起各種傳言，講述著皇室祕辛，談論她根本不可能會知道的個人隱私。儘管如此，她還是能把大家逗得很開心。坐她附近的女性都跟我一樣，心情隨著她的一字一句起起伏伏。當她講不下去之後，瑪莉・安就接著開始述在她社會階層裡的人們發生的事，但這些故事沒有架構，而且她三不五時就會唉聲嘆氣，或者發出驚呼。

大家還講起別的事情，尤其是在傍晚時分特別愛說，藉以用來消磨時間。那些故事通常都不可告人，大家只能竊竊私語，內容可能只是來自一點印象，或是一段對話，或是某人的一個眼神。伊莎貝爾善於解讀表情，她說：「妳有看到哈戴先生剛才看我的眼神嗎？」她邊說邊打顫，然後補一句：「只有完全沒教養的野蠻人，才會用那種眼神看人。」區區一個眼神竟能出現一連串的推測，但有些人就是對這類猜測深感興趣，並且信以為真。伊莎貝爾認為漢娜和格蘭特女士之間發明了一種溝通方式，無須使用語言，只靠點頭與眨眼便能溝通，而伊莎貝爾會把她們的暗號解釋給身邊任何人聽。她告訴我，漢娜之所以特地向霍夫曼先生皺眉，其實是在默默施展一種女巫的詛咒。後來霍夫曼先生跌了一跤，差點摔進海裡，伊莎貝爾便以意味深長的眼神望著我，開口說：「看到了吧？」

有時，當人們在聽到傳言，可能會占為己有，跟別人說這是自己的獨家消息，順便把傳言的內容再加油添醋一番。我告訴瑪莉．安，我計畫要贏得亨利母親的心，然而當話傳回我耳朵裡時，內容卻變成亨利的母親根本拒絕與我碰面。如果想澄清流言蜚語，只會雪上加霜，因此我並未解釋，只是決定從此不再把私事告訴他人。

我無意間聽到庫珂女士告訴麥肯女士，她看見哈戴先生跟舒特船長在啟航當日發生口角。當時她並不知道哈戴先生是誰，是事後才曉得他的身分。她說哈戴先生差點遭到解雇，後來他同意了船長提出的某個條件，爭執才得以結束。當他轉身離去時，船長說：「你不遵守的話，我會親自把你丟下船。」她們兩人整個下午都在推敲這件事情有何意義，彷彿它至關重要，並且可以推翻哈戴先生至今在救生艇上的各種作為。幾天後，我躺在庫珂女士旁邊的毯子上休息，她把那個爭執事件告訴了我，但這次她描述了各種細節。在此之前，哈戴先生說了更多關於布雷克的事情，結果這次她一口咬定哈戴先生跟船長是因為布雷克先生才會爭吵。她還加上了後見之明的結論：「早在那個時候，我就確定哈戴先生和我會再度相遇。」

馬許上校低聲跟許多人說，他曾看到哈戴先生把一瓶威士忌讓給某位船員，連氣也沒吭一聲。難道那位船員是布雷克？哈戴聽命於布雷克嗎？他們兩人是否暗中進行什麼勾當？他們會是死對頭嗎？謠言在救生艇上傳來傳去，使得大家開始回想自己在輪船上的所見所聞，最後認定哈戴先生有一段神祕的黑暗過往。船上的人對哈戴先生的傳言最感興趣，但也最擔心，所以談論時總是小心翼翼，以免被他發覺大家正對他議論紛紛。我們竊竊私語，編造謠言，參雜事實，熱烈討論並提出各種解讀，彷彿終能解釋我們為何會在這片大海上獨自漂流。

在第一天，一向對數字斤斤計較的普利斯頓先生對辛克萊先生說，他跟輪船的事務長變得很親近，因此得知船的所有者欠了鉅款。普利斯頓先生因此懷疑船主因為財務困難，沒有妥善維修輪船，而且為了急著出航，也沒有完成必須的保養工作。這個故事傳來傳去，最後變成船主故意讓亞歷山德拉皇后號沉沒，藉以詐領保險金。後來哈戴先生說過亞歷山德拉皇后號是賣給一位知道如何從中賺錢的人，普利斯頓先生遂再度提起事務長的說詞。救生艇上的所有人當中，就屬普利斯頓先生最大而化之，向來都是有話直說，我不曾看他小心翼翼地低頭說話或是跟他人竊竊私語。

那天晚上他大聲跟馬許上校說：「『亞歷山德拉皇后號是賣給一位懂得如何從中賺錢的傢伙！』你認為這個說法是哈戴先生憑空捏造的嗎？」

哈戴先生在無意中聽到他說的話，氣得直接把手中的瓢子砸向普利斯頓先生，破口大罵：「我壓根不想替先前那個吝嗇鬼工作！我替那個人渣做太多白工了！」就算普利斯頓先生不相信這個回答，也沒膽再提出質疑。

大家靠聊著流言蜚語消磨時間，甚至還會捏造情節，但我沒資格批評他們，畢竟我跟瑪莉．安有時也會這樣。我把亨利跟我初次見面的情況告訴瑪莉．安，還花費好幾個小時美化各個環節：相遇那天，他身穿何種服裝現身；如何開著拉風跑車來到他任職的銀行；怎麼緩緩地出現在我面前，身影一寸一寸地浮現，像是漸漸成形的畫作。這段往事我可以講上十分鐘，如果瑪莉．安有興趣知道我漏掉的部分（她常有興趣），我可以說得更久。那間銀行前方有一座大理石階梯，當時我的鞋根斷了，我只好在旁邊的人行道上蹣跚前行；亨利在水溝附近努力幫忙尋找，走來走去，甚至跑到對街查看，仍一無所獲，最後是他開車載我回家。

「就像灰姑娘那樣！」瑪莉．安大喊。

她的比喻其實比她所知道的還要貼切，這讓我難得地在救生艇上笑了起來。我沒有告訴瑪莉．安的是，那天並不是我跟亨利的初次見面，就像灰姑娘跟她兩位姐姐不是在舞會當天才初次聽到英俊王子的消息。我只是喜歡把那天當成初次見面，畢竟那是亨利第一次以碧藍眼珠直視著我，而且這樣的故事才引人入勝。我不願想起某些事情：在那天之前我花了一週的時間觀察他，了解他每日的行程規劃。某天我曾穿著破高跟鞋等到天黑，但他並未現身。

在瑪莉．安這方面，她提起她在巴黎添購嫁妝，聊到未婚夫羅伯特，還說了他奪走了她的初夜，地點是一處林間空地，四處鳥鳴宛轉，瀰漫金銀花香。當日是她跟她母親即將前往歐洲的前一個週末，羅伯特造訪她們位在鄉下的家，向她道別。

「他才沒有奪走妳的初夜！」我大喊，然後才想到要壓低音量維護她的隱私。「是妳把初夜像禮物一樣送給了他。」我思索片刻後再補充說，根據我個人的經驗，送禮物的人會得到同等價值的回禮，甚至得到更有價值的東西。然而瑪莉．安很擔心自己會懷孕，也憂慮如果她死在海上，就沒有機會彌補這個罪惡。她甚至認為她也許是罪有應得，應該死在這裡。她詢問我的意見。這讓我感到驚訝，沒想到她竟如此想知道一條明確的界線，可以劃分何謂有罪，何謂無罪，彷彿兩者涇渭分明，有人可以走到完全無罪的那一邊。她向我坦承，她的擔憂主要來自世俗的價值觀，而非出自宗教信仰，因此她格外覺得罪孽深重，越來越自責。「我只該為了違背上帝的旨意而懊悔，是嗎？」她問我。「可是，我最擔心的卻是自己的情況，煩惱婚禮時肚子會大到塞不進禮服，還有害怕羅伯特會離開我，那麼，我產下私生子時，別人又會怎麼看待我。」

我越聽越認為瑪莉．安不太清楚怎樣才會懷孕，也不知道如何分辨自己是否有孕在身，但我依然試著叫她放心。「結婚禮服不見了，是嗎？所以妳不用擔心第一件事。妳跟羅伯特結婚的時候，會穿新買的禮服。或者妳也可以像我跟亨利一樣，趕快公證結婚，既低調又簡單。我當然也喜歡穿上漂亮的婚紗，舉辦盛大熱鬧的結婚典禮，但有時候方便比浪漫重要。至於妳所擔心的第二件事，如果真有需要，會有人來幫妳處理這類事情的。」我告訴她既然事已至此，只能繼續往前走。「這是妳唯一能做的事。」我說。可惜瑪莉．安無法這樣輕鬆放過自己，反而繼續說她會困在這裡是因為上帝在懲罰她。

「這樣根本沒道理！為什麼妳犯了錯，上帝卻要我們一起受罰呢？」我說。

她看著我，彷彿認為我比她更有辦法回答這個問題，但我只是繼續試著要她相信自己根本沒有罪，還告訴她，我跟亨利在公證結婚之前便已發生過關係，這種行為反而使生活更刺激有趣，但信仰基督教的她實在難以接受我的論點。這時月亮灑落銀輝，照亮整艘救生艇。瑪莉．安緩緩爬到執事先生旁邊，湊在他耳邊，向他傾訴整個悲慘故事。她的臉很窄，我看見執事先生把雙手各自貼著她的左右臉頰，然後將手伸進大海沾溼，彷彿大海是特地放在他手肘旁邊的一盆聖水，最後他再以拇指在她的額頭比劃出十字架的形狀。在那之後，瑪莉．安似乎比較平靜。過了一、兩天，某件事證明了她並未懷孕。

救生艇上有這麼多位女性，一定會有人碰到出血的狀況，只是大家都默不作聲。我們的唾液分泌正被脫水情況所影響，也尚未走出船難的震驚情緒，我懷疑這兩個原因會抑制血液流動。總之，瑪莉．安拉著我的手肘低聲說她正在流血時，我不確定該跟她說些什麼。我趁機以此吸引漢娜的注意，她從舊襯裙上撕下許多條布交給我，用來處理瑪莉．安的出血。瑪莉．安的事處理好後，我以眼神向漢娜致謝。這是我們自漂流以來第二次長久地對視。起初她微微一笑，似乎在友善回應我的致謝，但後來她的笑容散去，轉變成截然不同的表情，似乎是我臉上有什麼東西使她大吃一驚，或至是我身後有什麼讓她驚訝的景象。我的直覺是想立刻轉身，提防身後的那樣東西，但我不願打斷這次的對視——使人既不安又沉迷的眼神交流。當格蘭特女士叫她把她身上裝有其他撕下來布條的背包給她時，她才先移開了視線。

當晚是我們在救生艇上的第五夜。幾位男士不斷發言，議論著船主是否善盡妥善維護之責。普利斯頓先生堅持這件事至關重要，他不明白為何少數人覺得此事無關痛癢。那些少數人與他意見相左，認為這件事在此刻並不重要，如今也於事無補。為了證明這個論點，辛克萊先生叫大家參與他口中所謂的想法實驗。「假設我們把討論中的『輪船』這兩個字換成『世界』。就算這個世界並未受到妥善維護又怎樣？畢竟我們無從得知。除此之外，我們根本不會想到這件事。所以，這件事真的重要嗎？」他暫停片刻，給我們思索的時間，然後才繼續說：「假設我們以某種方式找到答案，發現負責維護世界的人確實怠忽職守，這樣就有任何幫助嗎？真的可以改善我們在地球上的生活嗎？我認為，無論就世界或輪船來說，我們只有面對此時此刻的處境，至於是什麼原因把我們帶到這裡，根本就無從得知，也無法改變，所以，原因不是不太重要，而是根本不重要。」

伊莎貝爾問說，那該由誰該替這個世界負責？如果辛克萊先生指的是上帝，就應該清楚說出來；如果是某些人該負責，那麼，那些人當然要看到自己的錯誤，進而改變做法。我看向執事先生，認為他一定有話要說．但他只是望著船舷，顯得悶悶不樂，即使他心裡有任何想法，他也選擇緘默。反倒是哈戴先生開口說：「這完全取決於你們以後會不會遇到那個人渣。對我來說，如果有辦法與上帝面對面，我一定會把地球上很多狗屁倒灶的事全告訴祂。」

# 第六日

最初幾天，大家把哈戴先生視為某種先知。他不會說空話來激勵我們，因此，當他的前兩個預測落空時——我們並未立刻獲救，天氣也沒有變壞——大家並不擔憂。只是，有些人開始要求他講得更明確與詳細，例如：「風是從西方吹來，還是從西南方？這是好預兆，還是壞預兆？」或者，「黎明時的紅色天際代表了什麼？」或是，「月亮周圍略微泛紅的淡黃光暈代表什麼意思？」

「代表天氣會改變。」哈戴先生回答。

第六天時，紛亂的雲層遮住了原本碧藍的天空，毒辣的太陽偶爾才能探出頭。在夜裡逐漸平息的風勢，現在又重新颳起，吹縐海面。隨著太陽時隱時現，大海的顏色也跟著明顯地轉變。現在，海水已不是光亮透明的藍綠色，也不是不透明的寶藍色，而是一種無法形容的黯淡色調，既非灰色，也非藍色。微微的海波湧向船身，濺起水花，逼得哈戴先生拿出他座位下方的錫杯，多派兩個人負責把水舀出船外。尼爾森先生警告，這樣會使鹽分混入我們的飲水中。哈戴先生要求我們仔細背好工作分配：五個人負責舀水，四個人坐在船邊留意是否有船隻接近，還要有兩個人負責注意另外一艘救生艇是否仍在遠方，每次由四個人負責划船，船首必須朝著海浪的方向，避免海浪打進救生艇的兩側。有六位女性被指派負責注意海中是否有魚，但由於海面波濤不斷，始終徒勞無功。有一次，一位名叫瓊恩的纖瘦女子忽然大喊：「我看到一隻了！」，把大家都嚇了一跳，只不過，那是哈戴先生先前捕到的魚。哈戴先生把牠綁在船邊，靠冰冷的海水防止魚肉腐敗。馬許上校每隔一小時就大喊：「時間到！」於是我們便開始交接，然後在座位上休息，或是兩、三個人一起走到前面，在那堆潮溼的毛毯上睡覺。儘管我們以遮雨帆布包裹那些毯子，它們依然被浸濕。哈戴先生訂下很長的用餐時間，然而，每人分配到的飲水大幅減少，也只能有一塊魚肉與一小口硬餅乾。執事先生每天負責謝恩禱告兩次，這晚，哈戴先生將第二條魚舉向天空，感謝上天的賜予。

漢娜在這天脾氣暴躁。她覺得瑪莉．安侵犯到她的範圍，便踢了瑪莉．安的腳，害得瑪莉．安以袖子遮臉，默默地啜泣。大家吃早餐時，漢娜說：「如果我們很快就能獲救，你這樣讓我們挨餓又是為什麼？」或許，有人將挨餓這件事怪到哈戴先生的頭上是無法避免的，甚至認為他是把我們害成這樣的罪魁禍首。然而，我覺得漢娜並不是真的在責怪他，而是以迂迴的手段激起其他人對哈戴先生的反感。因此，當大家跟著抱怨時，她似乎在努力憋住一抹陰險的微笑，並朝格蘭特的方向點了點頭。至於我，我也早就盯著那條魚和幾桶飲水，懷疑哈戴先生為什麼要大家省吃省用。

哈戴先生禁止大家未經允許就更換座位，但漢娜以挑釁的語氣大聲說：「唉，瑪莉．安，妳別哭了。我要跟妳換位子。」她剛說完便突然擠開瑪莉．安坐到格蘭特女士身旁。瑪莉．安用委屈的眼神望向哈戴先生，而漢娜同時回瞪著他，在我看來像是在公然挑釁，但是他卻不發一語。我認為哈戴先生在這天失去了一些威信。他應該叫漢娜坐回原本的位子，但他並未這麼做，即使後來想彌補也為時已晚。

瑪莉．安孤立無援，無法反抗漢娜，最終只能移到欄杆旁的一個空位，跟我隔著普利斯頓先生。之後，漢娜就把頭湊近格蘭特女士。等到晚餐時間，許多人也開始抱怨，但我無法全部聽到他們說的內容。

整天下來，風勢越變越大。漢娜跟另外兩名女子離開位子走向哈戴先生，正準備要求他增加每人晚餐的分量時，忽然一陣大浪從左側打進救生艇，坐在那一側的人全被潑濕，一名站著的女性更因此摔進海裡，漢娜連忙抓住海薇特才僥倖逃過一劫。海薇特身材高大，平常沉默寡言，這時大叫起來，整個人摔跌在船底。我聽到有人大喊「麗蓓嘉．佛洛斯特」這個名字。麗蓓嘉是亞歷山德拉皇后號上的員工，先前都安靜地坐在船尾。我不曾跟她交談，但看過她以讚賞的眼神望著漢娜，漢娜也微笑回應。如今她在船後方的海裡揮手求救，卻遭一道海浪吞沒。第二道海浪淹過她的頭頂，但她再度把頭探出黑藍色的海面。我覺得她以哀求的眼神直盯著我，那個眼神我至今難忘。「救救她啊！」我放聲大喊。日後，漢娜在證詞上堅稱是她跟麥肯女士叫哈戴先生採取行動，我只是冷眼旁觀。這件事說明漢娜會顛倒是非。

哈戴先生站在船尾，後方是一片陰鬱的烏雲，太陽若隱若現。暗藍海水淹過麗蓓嘉的鼻子，幾綹亂髮披散在她的臉上，像是一條又一條烏黑的海鰻。她慘白的雙手在空中揮舞求救。「坐下！」哈戴先生大喊。逃過一劫的漢娜坐了下來，沒有說話，我則大聲呼喊：「難道沒有人要去救她嗎？」兩位男士站起來，好像要把救生圈扔給麗蓓嘉。由於船上的重量改變，救生艇變得左搖右晃，每搖晃一次就有更多水花從側邊濺到船上。

「舀水啊！」哈戴先生大吼。「負責舀水的人呢？別再發呆了，趕快工作！」他邊說邊從某人手中抓起救生圈。

格蘭特女士大喊：「她在那裡！」並指著麗蓓嘉的位置。

麗蓓嘉還在瘋狂揮手求援，儘管喉嚨嗆著水仍死命出聲呼救。她的衣服鼓起，浮在她的周圍，帽子緊緊繫在耳朵上。救生衣使她的頭保持在水面上，卻無法阻止一道一道的海浪打向她，也無法阻止海流使她越漂越遠。她的表情更像是驚訝而非恐慌。我想，我當時聽到她幾乎是禮貌地喊著：「我在這裡，哈戴先生先生，我在這裡！」。她認為自己一定能獲救，而我們也這樣相信。這時的大海比先前幾天更加波濤洶湧，救生艇裡的海水也越積越高。救生艇搖搖晃晃，大家若不是望著麗蓓嘉，就是努力使自己不要從座位上滑下來，因此，當哈戴先生在那寶貴的幾分鐘內，卻只叫舀水的人繼續工作，那時我才感覺到麗蓓嘉也許不會得救。

感覺過了好久好久，哈戴先生才叫划槳的人划向麗蓓嘉。他終於把她救回船上，但我不認為這是英雄之舉。哈戴先生展現出前所未有的力量，彷彿能隨心所欲，呼風喚雨，我卻開始感覺到他帶有一絲惡意。之後幾天，我試圖說服自己相信，哈戴先生沒有立即搭救麗蓓嘉，是因為當時海面波濤洶湧，而且救生艇負荷過重，加上那些並未聽話坐好的人很可能會失去平衡，因此他猶豫不決，無法做出兩全其美的判斷——既可以救她，其他人也能安全無虞。此外，我覺得麗蓓嘉也許是上天安排的犧牲者，讓她喪生海底反而對大家都好（哈戴先生必定跟我一樣，也想過這件事。）我接著想到，哈戴先生只負責管好救生艇上的事，如果有人掉到救生艇外，無論原因為何，他都不負任何責任。最後，就像裂縫滲水那般，有一個想法悄悄滲進我的心裡，那就是哈戴先生想趁機給我們一個教訓。噢，我早已知道自己的命運操縱在他手中，他並不需要給我什麼教訓。

我不認為只有我一個人有這樣的想法。大家陷入沉默，像是被一條繃緊的細繩綁住，而且，在哈戴先生把麗蓓嘉救上船後，我數次看到有人一直盯著哈戴先生。那幾位義大利女子脫下身上的衣物給她，再讓她裹著毛毯，整個人包得像是三明治。大家看哈戴先生的眼神流露著尊敬，也帶有恐懼，至於漢娜與格蘭特女士則以別種眼神望著哈戴先生。當然，大家會有這種眼神也可能是因為現在狂風大作，許多人身體都被海水潑溼，大家飢腸轆轆，還親眼目睹麗蓓嘉差點滅頂。我們像可憐的小狗，縮在位子上渾身發抖。格蘭特女士小心翼翼地一步一步往前走去安慰麗蓓嘉，這時船身左搖右晃，哈戴先生大聲叫負責舀水的人加快動作，那些義大利女子發出歌劇般的哭嚎聲，面朝蒼天，滿臉悽楚。庫珂女士不講故事時顯得異常柔順，她正以溼的破布輕輕擦著麗蓓嘉的頭髮，只是這個舉動根本是白費功。哈戴先生朝著午後的灰暗天空拿出一罐硬餅乾。執事先生裝出振奮的語氣，反覆提著耶穌基督，而我們則是無精打采地各自吃著硬餅乾。

我不知道麗蓓嘉在想什麼，可能她腦中仍一片空白。有很長一段時間裡，她只是蜷縮在「宿舍」不發一語。有一次她說：「真希望小漢斯在這裡。」我看見她裹著毛毯的身子正在顫抖。哈戴先生惡狠狠地說：「我們的位子已經不夠了。」哈戴先生不是唯一動怒的人。霍夫曼先生和他的朋友尼爾森先生一直在竊竊私語，有時會看著麗蓓嘉，再看著欄杆。欄杆離海面非常近，不過應該沒有先前那麼貼近海面。我看得出，他們認為哈戴先生不應該把麗蓓嘉救回船上。

夜裡，風勢漸漸減弱，卻起了濃霧。一天半後，濃霧才終於消散，但另一艘救生艇已不見蹤影。我非常想念那艘救生艇，簡直無法以筆墨來形容。知道有一群人在附近某處是一回事；看見他們就在附近，有時距離甚至近得可以向他們喊話，則是另外一回事。儘管我們從未划近到可以看得見他們的臉孔，聽見他們的談話的距離。

# 第七日與第八日

在起濃霧的那兩天，大家都聽到船隻在霧中互相警告的號角聲。我們絕對沒有聽錯。格蘭特女士問說，其他救生艇是否也有那種號角。哈戴先生則回答：「有可能，但我覺得這是船隻發出的號角聲。」

大家都顯得很興奮，但模糊的視線又使我們沮喪不已。我們竭盡所能地大聲呼喊，靠船槳與水瓢猛力敲擊船身，想盡方法製造聲響。號角聲卻在中午消失了。等霧氣終於消散，我們發現另一艘救生艇失去蹤影。先前保護我們內心的防護罩彷彿也跟著消失，我們這時才清楚意識到自己置身於多麼嚴峻的處境。先前普利斯頓先生說他看見燈光，大家還半信半疑，但這次我們都聽到號角聲響，這一點無庸置疑。哈戴先生不發一語，只是靜靜觀察太陽的角度，大家則議論紛紛。我們討論了許久之後，普利斯頓先生下了一個結論：另外一艘救生艇的人已經獲救，而我們得救的機會則不復存在。尼爾森先生聽完之後說：「既然我們看得到另一艘救生艇，那麼他們一定也看得到我們。他們一定會叫救援的船隻展開搜索，不可能就這樣一走了之。」

「你不了解布雷克的為人。」哈戴先生說。「沒人知道布雷克會做出什麼事情。」

「布雷克。」普利斯頓先生說，「從無線電發報室趕過來的人就是他，幫忙把我們這艘救生艇垂降到海上的人也是他。」

「而且他是亞歷山德拉皇后號的二副。」葛莉塔補上一句。

「是啊。」哈戴先生說，「而且還是個超級卑鄙的雜種。」

普利斯頓先生轉身問我：「妳認識布雷克嗎？」我回答說不認識。「那就是妳丈夫認識他了，因為我看到你們一起站在甲板上。」

我以疑惑的眼神看著他。他朝瑪莉．安偷瞄一眼，然後說：「一定是我搞錯了。」但他似乎欲言又止。我很好奇他到底在想些什麼，或者他只是從瑪莉．安那邊聽到謠言，以訛傳訛罷了。

「你怎麼知道跟著我們的是布雷克那艘救生艇，而不是我們先前看到的另外那一艘？」馬許上校向哈戴先生發問。「在後來這幾天，我們離得很遠，根本看不清楚他們。」

「就是布雷克那艘沒錯。」哈戴先生說。「另一艘救生艇是滿的，但我們一直看到的那艘不是。除此之外，那艘救生艇一直沒接近我們。」

「是你叫我們不要靠近他們的！」漢娜大喊。

「布雷克是一隻瘋狗。當初妳也聽到那個大鬍子說，布雷克把兩個人推下船吧？現在船長不在，他一看到我就會過來宰掉我。離他遠一點比較好。」

「或是比較安全。」漢娜說。

「比較安全就是比較好。你不像我，一輩子都在海上度過。會出來航海的人，通常都是想逃避某些事物！」

「包括你自己嗎？」漢娜問。

我認為哈戴先生要大家遠離布雷克那艘救生艇是為了保護大家，但漢娜卻悄悄告訴四周的人，他這樣做只是為了保護他自己。

「我們並不知道布雷克把人推到海裡的真正原因——或許是那些人惹了某種麻煩。要是那艘救生艇上還有多餘的位子呢？」格蘭特女士說。我在幾天前曾想到這件事，其他人大概也想過。「就算那艘救生艇受損了，但我覺得我們也許能幫忙修理，然後一些人可以換到那邊去坐。我們至少該試一試。這樣的話，我們或許就不會遇到先前那種危險了。」這句話跟格蘭特女士的其他發言一樣，都顯得空洞模糊，而且她並未明確指出我們該怎麼利用現有的材料或工具協助他們修船。但是，她已在我們的心裡悄悄種下一個念頭：哈戴先生純粹是基於個人利益才這麼做。既然其他的事情他都能明確交代，那麼，當初為何不把他跟布雷克的關係解釋清楚？或許，哈戴先生的說詞只是在掩飾自己的錯誤。或許，哈戴先生才是那個想掩蓋過往的人。

馬許上校試著把話題引導到更有建設性的方向。「我敢說另外那艘救生艇是在濃霧中被經過的船隻撞沉，卻沒有人發現。」馬許上校說，「如果他們獲救了，就算布雷克想阻止，也一定會有人提到我們。」

「那艘船隻不會感覺到撞擊嗎？他們一定會發現自己撞到東西，然後開始查看。」麥肯女士說。庫珂女士在一開始會大聲發表意見，現在卻顯得有些恍惚。

哈戴先生不願對我們的各種推測發表意見，就算有人直接問他，他也只是回答：「也許吧。」或者：「也許不是吧。」

最後格蘭特女士說：「大家的說法，就像是我們必須靠別人才能獲救。我認為，我們應該要想方法自救才對。」

她一說完，我就感覺到希望，精神也好了起來。這個想法既簡單又明白，我不懂為什麼之前沒有人提出來過。無法否認的是，我們尚未獲救，那麼又何必繼續待在船難現場附近。

「沒錯！」我放聲大喊，大家也應聲附和：「天助自助者！」這句格言是我的行事原則。雖然奉行這句格言的人有時會被視為自私，但我真心認為，不遵照這句話的人是軟弱無力，跟寄生蟲沒什麼兩樣。

我還記得之前，每當第一道陽光穿透霧氣之際，我總不願往陽光的方向看，因為我已習慣藏身於黑夜，習慣於有限的視野。我也始終記得，在濃霧使整個世界縮小為一片空無以前，我們身處於一望無際的晴空之下，四周卻空空蕩蕩。然而，我們如今有了計畫，我很高興能望見遠方，因為我們的目的地就在前面——西方！

天助自助者、天助自助者……我反覆地提醒自己。菲莉思蒂．珂洛斯來找我時，我也這麼告訴她。某日她偷偷跟蹤亨利，發現了我的住處。她的穿著華麗，卻沒有架子，如果我們不是情敵，我認為我們也許能成為朋友。我告訴她，我們兩個都是務實的人，而這一點才是最重要的。不過，大部分時間都是她在說話，而我專心聆聽。她說亨利很保守，會遵從一些我無法理解的傳統，一旦他不再為愛情沖昏頭，她擔心他會後悔自己的行為。她還說：「這一點也不像他的個性。亨利完全不是那種會莽撞行事的人，也不會為愛瘋狂才對。」我不禁懷疑我們是不是在談同一個人。她說完後就離開了。我對她感到抱歉，但我知道，是我解放了亨利，幫助他逃離傳統的限制，逃脫心理的桎梏，這是古板的菲莉思蒂絕對辦不到的事。這樣一想，我的罪惡感也隨之煙消雲散。

格蘭特女士一直保持警戒。她全身黑衣，頭髮牢牢地綁在後面，微風或海浪都無法亂了她的髮絲。即使四周一片空無，她的眼神始終堅定。她的臉曬成暗棕色，甚至開始脫皮，但她仍緊盯著汪洋大海。如果這時終於有船隻從海平面的彼端浮現，我真心認為，那必然是被她堅定不移的決心與意志力所吸引過來的。有些人顯然受到她的影響，所以當她執行任務的時候，他們會藉故移到她附近，或是輕拍她的肩膀。我把這些舉動都看在眼裡，也明白他們的想法，只是，哈戴先生仍然是我的精神支柱。

船難在這一帶發生，求救信號從這一帶發射出去，號角聲也在這一帶響起，因此哈戴先生始終認為我們應該待在這裡；格蘭特女士卻激烈地反對他的見解。中午時分，風勢再度轉強，哈戴先生開始工作，他用刀子把一塊毯子割成條狀，用來把遮雨帆布緊緊綁在兩根船槳上，弄成一片船帆。接著，他把救生艇四周的救生繩割斷一部分，用來把船帆拉緊或鬆開，藉以順應風勢的大小與方向。他把船帆插進桅座圈裡，豎立起來，朝著一個他才知道的方向。對其他人來說，前方的海平面跟後方的一模一樣，也跟左右兩邊毫無差別，但我還是很有信心，畢竟哈戴先生一副胸有成竹的模樣，雙手時常忙來忙去。如果格蘭特女士代表安靜的力量，哈戴先生則象徵狂暴的力量。

拿槳的人動手划船。不久之後，整艘船便迅速往前航行，我們開始期盼美洲大陸隨時會映入眼簾。哈戴先生以長長的舵柄操作船舵，盡量使船首順著風向。強風從船頭左側猛然襲來，海浪變得比先前更為洶湧。由於船帆容易害船身翻覆，我們必須以自身重量抵銷船帆的力量，時常保持警覺，避免船身過於下沉甚至翻覆，整件事變成一種棘手的遊戲。

麗蓓嘉自從落水後便受了風寒，並且發燒，如今她以空洞的眼神呆望四周。她一度盯著哈戴先生，放聲大喊：「爸爸，爸爸！小狗跑到大街上了！」格蘭特女士盡可能地讓她冷靜下來，漢娜則說：「這裡沒有狗啊，麗蓓嘉，妳說的是很久以前的事了。」麗蓓嘉聽到這句話，開始發火，卻又沮喪不已，淚水奪眶而出。「你根本不愛牠！你只是因為媽媽的關係，所以才買那隻狗給小漢斯。」

儘管麗蓓嘉似乎是在對哈戴先生說話，但他置之不理，只是全神貫注在沒人懂的各項工作。最後，格蘭特女士從腳邊的小包包拿出一塊破布，綁成一團，放到麗蓓嘉的手裡，嘴上說著：「牠已經沒事了。妳的小狗已經沒事了。」麗蓓嘉坐在船底左右搖晃著身體，完全不顧周圍的積水，整個下午都在撫摸著她幻想出來的小狗。

風勢繼續增強。不久之後，救生艇速度飛快地一路劃開海面。負責舀水的人雖然很努力，但船底的積水卻迅速增高，使我忍不住懷疑船底是否有了裂縫。輪到我負責舀水時，我仔細查看腳邊有沒有任何破洞。有一度，我發現自己只是凝視著已積至腳踝的海水。就像是從睡夢中驚醒似的。我不知道自己呆了多久，當我「醒過來」時，只覺得全身無力，雙眼難以對焦，耳朵斷斷續續聽見四周的低語。例如：我清楚聽到漢娜說：「哈戴跟布雷克之間一定有問題。我們本該已經獲救。」但我只聽到格蘭特女士回答時說的最後一段話：「……跟航海無關……靜候佳機吧。」

哈戴先生收起了船帆，然後說：「風太大了。」他還說：「救生艇上都是積水，船身重到不適合航行。」他說完便拿起一個水瓢。船帆才一收起，船身就變得平穩，海浪偶爾才濺進船裡，因此就連格蘭特女士也沒有出言反對哈戴先生。那時積水剛淹到我的鞋子，哈戴先生收起船帆的時機可謂恰到好處。我使出加倍力氣舀水，但我從心理到四肢仍然虛弱無力。強風猛吹，那片臨時製作的船帆正鋪在船頭晾乾，發出啪啪聲響。我聽到哈戴先生的說話聲，聲音雖輕，但我覺得大家都聽得到他的聲音，我想他一定是張嘴大喊，才能壓過風聲，也蓋過船帆發出的聲響。

哈戴先生說：「我們必須減輕重量，否則就會像大石一樣沉到海底。」

我們沒有理由質疑他的說法。我看著那堆溼透的毛毯，看著幾大桶飲用水，再看著哈戴先生擺在自己座位下的幾罐硬餅乾，除此之外還有一些個人物品，有些擺在座位底下，有些則浮在積水中，例如馬許上校的保險箱、小查理的小熊玩偶、格蘭特女士溼透的小包包——她把腳擱在上面休息。我心想：「我們才不需要這些東西。」在那個當下，我沒想到食物、飲水、毛毯可以幫助我們活下去，至於那些個人物品加起來才不到十公斤，根本無足輕重，不會影響到大家生死。

海浪十分嚇人，冰冷海水不時濺到大家的身上，因此他們一定比較清醒，跟恍惚的我比起來也更早聽懂哈戴先生的意思。我聽到大家不斷地耳語。我的腿碰到執事先生的腿——先前他為了面向他稱為聽眾的人，於是換了位子。就在此刻，彷彿有一道電流從他那裡竄進我的體內，我這才明白哈戴先生是在徵求自願者。

「你可以自願啊！」漢娜怒吼，彷彿積水上漲是哈戴先生的責任，跟她或其他人完全無關。

「這艘船重到無法航行，我們舀水的速度也不夠快，而且現在風勢很大。就算我們放棄航行，只要有強風一來，我們照樣完蛋。」

大家全都望向大海。我已經舀水超過一小時，並且心浮氣躁地直盯著船底的積水，因為我已有些恍惚，所以弄不清楚我們談的是哪裡的海水。我原本看著三十公分的積水，水色碧綠，幾乎透明清澈，水裡擠著各式各樣濕透的皮鞋。現在，我發現我搞錯了。哈戴先生說的是船外面那片暗藍色海水，海裡彷彿不斷有鯨魚游過，救生艇一會兒被頂在牠們寬闊的背脊上，一下子滑落回牠們之間的海面。

在我們頭頂上，強風吹得雲朵迅速移動。執事先生闔上眼睛，雙手托住下巴，喃喃念著：「我雖然行過死蔭的幽谷，也不怕遭害。」我渾身打顫，在船難之後首度深深覺得害怕。我們死定了。我幾乎認定我們在劫難逃，但我依然望著哈戴先生。他佇立於船尾，盯著每一個人，顯得毫不動搖，耐心等待我們理解當前的處境，並回應他剛才所說的話。

第一個發言的是執事先生，但他只是在拖延時間：「你的意思是什麼？你應該把每件事解釋清楚。只要我們知道有那些選擇，一定能做出合理的決定。」

「我想你應該知道了。」哈戴先生回答。「在明天前，如果天氣持續惡化，海水灌進來的速度會比我們舀水的速度更快。我敢保證，一旦海水淹到這裡，只要一分鐘，整艘救生艇就會沉入海裡。」他輕輕拍著船身，所拍打的位置只比目前的積水高幾公分而已。當然這只是推測，但哈戴先生所說的話我都奉為圭臬。

我寫到這裡才發覺，我寫得好像我們是在喝下午茶般的輕聲閒聊，事實上，我們必須扯開喉嚨，否則風浪聲會掩蓋掉說話聲。許多人同時大聲說話，聲音混淆在狂風之中，根本無法完全聽懂。

「可是我們應該會獲救。」執事先生絕望地說，「是你自己說的，其他船隻會找到我們。」

「我知道自己說過什麼，但他們還沒找到我們，不是嗎？」哈戴先生開始說出他對號角聲的想法。「我相信那些號角聲來自一艘大船。假設，那艘船撞到另外那艘救生艇，那麼，船上的人一定不會察覺。就像我們踩到小樹枝或火柴棒也不會有什麼感覺。假使有奇蹟發生，那艘救生艇上的人確實獲救，並且試著尋找我們，但顯然的，他們沒有成功。」

大家先是靜默，後來出現憤恨的低語。我的心也因失望而下沉。我明白自己完全被誤導，雖然有部分的我已發覺哈戴先生對獲救不抱持希望，因此他才會選擇揚帆航行。這時我對他又恨又愛——無論如何，我需要他，也希望他知道我的想法。

為了討好他，或者至少能吸引他的注意，於是我放聲大喊：「不要因為哈戴先生告訴我們實話就這樣責怪他！」我一喊完，抱怨便停止了，這使我鬆了一口氣。我敢確定，我看到哈戴先生以讚許的眼神看著我，因此整個人的精神也為振作。

我撇到執事先生可悲的眼神，心裡猛然湧起一股勝利感。「你的杖，你的竿，都安慰我[5]。」我說完這句話之後，執事先生與庫珂女士都對我露出黯淡的微笑。庫珂女士暫時不再恍惚，靠過來輕拍我的手。

哈戴先生說：「即使強風突然平息，積水也都順利舀出船外，我們也只剩一點水跟魚肉而已。如果沒有水，我們撐不過六天。」

「六天！六天可以發生很多事！」執事先生稍微恢復一些精神。「世界就是在六天之內創造出來的！」

「我只是提醒大家要考慮這件事。」哈戴先生大喊。接著他叫大家換班。他教尼爾森先生怎麼操縱船舵，讓船頭一直面對風向，他自己則迅速舀起平靜的碧綠積水，倒回波濤洶湧的暗藍大海。之後換了七次班。七小時過去，在這段期間，我清楚感受到分分秒秒的流逝，感覺到每一陣颳過臉上的強風，留意到周圍悽慘景象的每個細節。每個恐懼的瞬間使人度秒如年，但事後回想，不過是一次心跳般的短暫。一道一道海浪從船頭湧入，一瞬間便抵銷我們一小時的辛苦成果，但哈戴先生依然頑強奮戰，不願把手中的瓢子交給較沒力量的人。

我感到筋疲力盡，很想放開一切，覺得自己可以冷靜地聽天由命。我不知道我為何會有這種想法。也許是因為我放心地把生命交到哈戴先生手上，或是因為即使我死

5 執事之前默念的正是這句話的前一句：「我雖然行過死蔭的幽谷，也不怕遭害。」兩句皆出自《聖經》。

了，也是跟哈戴先生一起死。我心想，什麼壞事都儘管來吧。然而，其他人不願輕易地坐以待斃。格蘭特女士來到救生艇中間，講起關於人類意志力的事，執事先生聽了她的說法，便開始講起神的意志。就連瑪莉．安也停住哭泣，甚至後來突然對霍夫曼先生大發雷霆，指責他過於缺乏信仰。而現在正是我們最需要信仰的時刻。

我覺得自己不可能睡得著，那天晚上卻依然睡著了。感覺才沒過幾分鐘，我竟被瑪莉．安搖醒。她無法抑制地渾身顫抖。「換成麗蓓嘉了。」她說。我看到其中一位義大利女子靠了過去，把麗蓓嘉糾結的頭髮從她眼前撥開，這時我才注意到她嘴巴張大，眼珠往上翻。

執事先生替她禱告。馬許上校把她的救生衣交給其中一位修女，然後他跟哈戴先生把她的遺體扛起來，放進海中。她已把乾掉的衣服穿回身上，如今那件衣服膨脹起來，圍繞著她，像是一對翅膀，帶著她漂流了一、兩分鐘，再一起沉入大海。我抱持的最後一絲希望也跟著消失無蹤。

# 亨利

我第一次看到亨利是在《紐約時報》的照片上，一旁寫著：「父親為……任職於……未婚妻是……」諸如此類的個人資料，四周則描寫著訂婚舞會如何奢華等細節，還洋洋灑灑地列出女方的家族成員，令人印象深刻。這則報導讓我很感興趣，出現的時機也恰到好處：原本我已認定自己的前途越來越渺茫，只能像姐姐那樣選擇家教工作。我受過的教育告訴我，我出生時就像一個水源，後來匯流到更大的溪澗與河川，面對許多可能性，最後來到豐饒的三角洲，在寬闊的河口迎向大海，流向無窮的各種機會。如今回想，這個比喻像是惡兆，但在當時的我覺得非常貼切，想像著燦爛耀眼的婚姻生活，從此與另一半幸福快樂、白頭偕老。爸媽出事的那段時間，米蘭達正在跟一位年輕醫生交往，但兩人的關係沒有撐過父親過世那年的一連串紛擾。那位醫生拋棄了姐姐，但她似乎只難過了一下子，並未受到太大的打擊。她評估眼前的處境，帶著各種推薦函，並勸我千萬不要把自己的未來交到任何男人的手中。

「妳必須辛苦工作啊！」我大喊，心裡完全不認為她做了正確的選擇。

「我可以主宰自己的人生。」她回答。

「妳那樣只比女傭好一點而已。」我回嘴。她並未告訴我，這是她一貫的處世原則，或者，她只是臨時靠這個原則讓自己接受當前唯一的選擇。她拋下我們，獨自前往芝加哥，我只好自行尋找住得起的房子，跟母親搬到一棟房子的二樓，屋主是誰只有房仲人員知道。我們賣掉絕大多數的家具，剩下的物品都裝箱處理。我認為我們只是暫住而已，因此只拿出日常生活所需的物品，把其他東西留在箱子裡並未拆封，全部堆在一個多餘房間的角落。

雖然亨利已有未婚妻，但我認為這無關緊要，甚至覺得是一件好事，若非如此，我怎麼會在《紐約時報》看到訂婚舞會的消息並認識他呢？那時，我正想拆開一盒碰巧沒賣掉的玻璃高腳杯，盒子外以報紙包覆保護，我拆開報紙，看見亨利的消息。同一張報紙上有一則新聞，標題為「倫敦市場前景一片大好」，內容提及黃金與短期債券，還提到在亨利訂婚報導中也出現過的一家公司。我把拆封的事拋在腦後，急忙找著發行日期，這才發現這已是三個月前的報導。

我們才第三次見面，亨利就提出一個理論，認為每個人命中注定會有一位真愛，如果在一生中有幸遇到那位真愛，一定要緊緊把握。我告訴他，我認為只有屈指可數的人能有足夠的幸運，可以跟那位真愛處在同一時代、同一地點；多數人則生錯時代，無緣與摯愛結合。我想到我的母親，如果她早幾個世紀生於歐洲大陸，就能邂逅一位精力充沛的騎士英雄，且愛得神魂顛倒。然而，在那次見面後不久，亨利卻對我失約，並未出現在會面地點。儘管我替他編出各種理由，心裡卻覺得他正和未婚妻在一起。「我好擔心你！」隔天他出現時，我一邊大喊，一邊撲到他的懷裡。「我知道你一定是有很重要的事，否則你不會失約。」

「的確是很重要的事。」他消沉地說。整個晚上他始終悶悶不樂、沉默不語，無論我跟他說什麼，他似乎都沒聽見。他提到要去外地一陣子，回來以後再來接我。然而，僅在三天之後，他就面容憔悴地出現在我家門口。不過，能再見到他，我依然欣喜若狂。那時，家教工作變得越來越清晰，我眼睜睜看著充滿可能性的河水往後逆流，流到一個象徵著卑微工作的惡臭沼澤。

「我之前沒有對妳說實話！」亨利脫口而出。那時我拿著圍巾，跟他來到屋外，兩人走在我跟母親住的糟糕社區裡，四周幾乎無人。衣服破爛的小孩在院子裡玩耍，看到亨利便厚著臉皮一個一個跑來要錢，平常慷慨大方的亨利卻對他們視而不見。

「你有你的苦衷。」我說。然而，我越是顯得對他一心一意，不在乎他是否說謊，他的臉色就越痛苦黯淡。他跪在泥土地上說，除非我答應嫁給他，否則他就一直跪在那裡不會起來。我拉著他的外套說：「我當然會嫁給你！」但這似乎不是他想聽到的答案，於是他繼續跪在原地。我不禁大喊：「亨利！你到底怎麼了？」我盡力扯開喉嚨大喊，因為我害怕了起來，覺得他不太對勁。也許他身染重病，甚至患有不治之症，他擔心我是在不知道真相的情況下被他所騙，才會答應他的求婚。

最後，我實在一籌莫展，只能跟著跪下，兩人一起跪在泥地上。我們的身型變矮小了，那些孩子大膽了起來，好奇地圍著我們，拖著腳步在四周走來走去，纏著亨利，希望得到他口袋裡的零錢。然而，他們也不敢太得寸進尺，因為我們散發出一股情緒，就像從地球內部發射的強烈磁場，而我相信他們從未看過成年人做出這種舉動，因此感到非常驚訝。

亨利的眼神變得深沉。現在想起，那時他的眼球就像雲影下的海面，兩者有相似的顏色，但在當時，我自然無法這樣做比較。我很驚恐，腦袋一片空白。英俊的亨利見多識廣，我不知道是什麼原因使他跪在泥地，況且這不是大自然經歷千萬年所形成的肥沃土壤，只是一堆爛泥，混雜著馬糞、廢水、鞋印、廚餘，實在過於骯髒，即是流浪兒也不會張口去嘗。後來亨利炯炯的雙眼像是冒出一團火，燒進我的眼裡，我這才驚覺，他會跪在骯髒的泥地上是因為我。

我伸出雙手，內心不再驚恐。雖然我不確定該怎麼做，仍開口說：「我已經找到我的真愛了。」我以冰涼的手掌握住他發熱的雙手，並告訴他，只要他有好的理由，我會完全不介意他向我說謊，而且，我相信他一定有原因。「如果你是為了雞毛蒜皮的小事說謊，我才會無法接受。」我試著擠出微笑，但亨利依然愁眉不展。他顯得瘦弱、惹人憐愛，不再像是我心目中那位飽經世事的銀行家。

「我跟妳說過兩次謊。」亨利向我坦承。「其實我沒有到外地去，但這只是比較不嚴重的謊話。比較嚴重的是謊話是，我已經訂婚了，而且還沒有取消婚約。我想要取消，可是當我去……」

我當然知道他已有婚約，但看著他毫無血色的嘴脣，聽著他親口說出事實，我依然感到震驚，彷彿是第一次得知這個消息。「那你怎麼可以叫我……」我說，「那我怎麼可以……」我不知道這個句子該以誰當主詞，誰當受詞。他對我做過什麼糟糕的事嗎？或者我對他做了什麼不好的事？除此之外，既然他已經說出此事，我是否也該坦承我的計謀？我很想對他坦白。我想躺在泥地上，請求他的原諒。雖然一開始，我是看上亨利的社會地位，但如今，我卻深深愛著他。我並未停下來思考一個不斷閃過腦海的問題——如果亨利沒有這樣的社會地位，他是否還是原來的他？我會想到這個問題，並不是出於自私，而是這一點對我來說也是如此——如果我忽然失去亨利喜愛的某個特質，我還是原本的葛瑞絲嗎？

我心裡想的是，亨利需要我，而他所需要的是我必須堅強起來。我想起家裡發生的事，想起父母如何倒下來，沒有為自己挺身而戰，也沒有考慮到家庭和孩子，我們因此飽受折磨。他們選擇向命運屈服，真是自私自利，我絕不會這樣對待亨利與我自己。

我告訴亨利，我會永遠愛他，等他堅強振作之後，我會再跟他討論婚事。因為，我不想趁人之危，也不想在他脆弱之際占他便宜。我向他吻別，保證會永遠支持他，就像他會永遠支持我那樣。「你自己做決定吧。」我說，「我會幫你，但不想影響你。」我努力擠出這句話，身體因而顫抖。我明白，即使在這種令人昏頭的時刻，我也沒有不管現實處境的條件，我也知道，自己並不清楚亨利到底為何大受煎熬。

他離開後，我回到樓上的小房間，寫信給一位打算雇用我的人，告知對方我下週會到巴爾的摩。我還沒查火車時刻表，也沒考慮過其他交通工具，但是天下無難事，只怕有心人。我想到姐姐毅然前往芝加哥的情況，一下子覺得我也能像她那樣，一下子卻覺得我辦不到。我在信封寫上收件人的姓名、地址，胡亂祈禱幾聲，然後把那封信插進一大本《聖經》裡。連母親都不會再碰的那本《聖經》，我相信那封信至今仍插在原處。

亨利在隔天下午出現，看起來比較像平常的他。我見到他時有些遲疑，既不願多想，也不願裝作昨天的山盟海誓並不存在。此外，我的心裡閃過一陣恐懼，害怕自己誤判情勢，擔心亨利對我也許只是一時沖昏頭，或許他就像有些男人一樣，因為碰到人生的轉捩點而心神不定。我甚至想到也許他生病了或是心理有障礙。許多疑問縈繞在腦海，但我並未發問，保持沉默，我知道最好由他來開口，才能知道真相。

我穿著淡色洋裝，畫上眼線，讓雙眼在我蒼白臉上可以顯得更大一些。這不是偽裝也不是矯飾，而是一種溝通的形式。我希望亨利看得出，我並沒有堅強到可以失去他。我也希望亨利可以看出，我善解人意且容易滿足，會是他人生與工作上的好伴侶。

「我欠妳一個道歉……其實是很多個。」亨利的態度正式，眼神冰冷。「我很差勁，但絕對不再發生。」他停頓下來，而我則充滿恐懼，害怕我們的關係會就此結束，他會在原訂的日期結婚，就像我那張皺巴巴的《紐約時報》上寫的一樣。而那個結婚日期只剩不到四週。他會回到他的未婚妻身邊實踐他的諾言，而我則會帶著一段逝去的感情記憶，搭上前往巴爾的摩的火車……但亨利凝視我的雙眼，他的眼神融化了我冰冷的心。於是，我開始敢於幻想，敢於懷抱希望。我想奔向他，把他欲言又止的話都逼出來——不管怎樣，他都必須把話說清楚。我像雕像般佇立原地，離他約一公尺遠，當他終於開口時，我可以感覺到他身體散發的溫熱：「即使我這樣對待菲莉思蒂，絕對會遭到殘酷的報應，但我還是要跟妳結婚。」

亨利說他們兩家是多年至交，因此他必須謹慎計畫如何取消婚約。即使我們的關係必須暫時保密，我也不介意，這樣反而讓我倆在一起的時光有一種偷來的甜蜜感。我沒有問他任何關於那位與他訂婚的女孩的事，但提出一個想法——上帝或許會原諒我這麼說，也許不會——或許她也跟他一樣背負著雙親的期待，也許有一天，她終究會跟他有同樣的想法，慶幸彼此能獲得自由。這時他看起來像個孩子，抱持著希望，彷彿我是他最親愛的阿姨，背後藏著一個禮物。雖然我們都不相信這個說法，但至少亨利可以藉此質疑菲莉思蒂的結婚動機，並開始處理眼前的任務。

# 第二部

# 第九日

隔天早上，麗榭特指著救生艇右方海面上一個漂浮物。結果是麗蓓嘉的帽子。我連忙閉上眼睛，免得之後映入眼簾的是麗蓓嘉的屍體。

瑪莉．安開始痛哭，哭聲十分悽楚。但我已很久沒有同情心了，而且船上少掉兩個人的重量會是件好事，否則，我聽到她的哭聲或許也會跟著悲傷起來。此外，我們如今做什麼都於事無補了。因此，我感到火冒三丈，激動得想叫瑪莉．安閉嘴。格蘭特女士坐在我們前面兩排的位子，她走了過來，擠在我們之間，將手臂搭在瑪莉．安的肩上。將近兩個鐘頭之後——舀水的人幾乎換了兩批——瑪莉．安稍微安靜下來，並靠在格蘭特女士靜止不動的肩膀睡著了，但我依然怒火中燒。為什麼脆弱的人能得到這種回報？我也想靠在格蘭特女士的身上，但又有點怕她，也絕不會開口問她是否能讓我倚靠。面對不同的人，她會展現出不同的態度，而她至今仍未想過要安慰我。

我盡量誠實以告。在我的記憶裡，只要我想到瑪莉．安，內心便感到一陣拉扯。她是一位柔弱的美女。訂婚鑽戒徒然地套著她的手指。她的手腕透出靛青血管，像是精緻的書法寫在她潔白若紙的肌膚上。如果我們在其他場合相遇，也許會成為知心好友，但在這艘救生艇上，我完全不同情她。她軟弱無力，不太可能死裡逃生，也無法幫助大家逃過此劫。

我認為漢娜跟格蘭特女士也有同感。後來我看到她們坐在欄杆附近，頭靠得很近，表情嚴肅，時常會望向瑪莉．安。我不知道她們在密談什麼，但幾句片段的話語傳進了我的耳裡，像是「最虛弱的那位」與「策略」。別問我這些話重不重要。即使是現在，我能從頭到尾再思索一次，仍然不知道這些字句有何涵義。

今天是我們首度整天沒吃東西。硬餅乾和魚肉一點也不剩，每個人一次也只能分到一小口飲水。麥肯女士大聲詢問水是否已經喝光，哈戴先生回說還沒有。他還向大家保證救生艇沒有裂縫，積水會增加完全是因為海水從外面濺進船裡。我想相信他，卻辦不到。我再度懷疑他這番說詞只是想避免大家陷入恐慌。即使這是善意的謊言，我仍拒絕受騙。我跟亨利只有一次意見不合，起因是他使我誤以為他的家人對我的事完全知情。「我知道你會盡你所能應付你的家人。」我們第一次決定結婚時，我這麼告訴他。但是，等到他把戒指套上我的手指上時，我忽然想知道實際情況，最後我們吵了起來。在救生艇上，我也感受到相似的渴望，我希望能看清當下的處境，知道如何因應，即使現在連哈戴先生也跟我差不多，對當前的狀況一知半解且束手無策。他能做的，只是盡力提出看法，顯然的，他的看法比我的高明。儘管如此，我跟大家依然指責他，好像是他知情未報似的——因為他個性陰暗多變，或是因為他想藉此懲罰有罪的我們。

奇怪的是，我很喜歡舀水。這個工作使我覺得自己是個有用的人，也許是女人天生喜歡整理周遭環境。只要負責舀水，我就不會閒下來，不會無所事事，不會呆望著黑暗空蕩的恐怖海洋。我趁著舀水的時候，仔細檢查船底，認為一定能發現裂縫，卻一無所獲。有時候我想像自己正在清理亨利與我之後會住的地方，那幢房子與我憑空設計的冬宮一起浮現腦海。我想像出一個穿衣間，陽光灑落其中，裡面擺著外婆留下來的一張法式華麗沙發，造型採用洛可可風格。那張沙發原本會成為我的嫁妝，但我們被迫搬家，只能忍痛賣掉。亨利喜歡藍色，因此我想讓牆壁刷上知更鳥蛋的淡藍色，既可以讓亨利開心，也不至於顯得陽剛或冰冷。亨利警告過我，他母親並不贊成我們的婚事，可能不會送我們任何東西，但我依然信心滿滿，相信自己終能取得她的歡心。

安雅．羅勃森不願舀水。她什麼工作都不做，只想一直陪在小查理身邊，母子倆蜷縮在整艘救生艇中央，一動也不動，像是陀螺儀靜止不動的中心軸。任何物品一旦碰到鹽水，需要數日才會變乾，因此她很怕裙子弄溼。我覺得很冷。強風冰冷，溼透的衣服貼著皮膚，此外還有其他因素可能使人發寒，但程度難以估量，例如心中的恐懼，或是懷疑當前困境是冥冥中的報應。

格蘭特女士提議再度往前航行，但大家已經知道船帆遇到風時會使船身傾斜，海水會濺進船裡，因此不太把她的提議當作一回事。不過我看得出來，她是想提出辦法，而非坐以待斃。她提議完之後，大家無精打采，久久不發一語，最終是由尼爾森先生打破沉默：「那我們用划的吧。」

哈戴先生發出低沉粗啞的聲音，也許是在發笑。他說我們光是要抵抗海流便已相當吃力，但尼爾森先生回應說：「我不是說要划到美洲，雖然那裡是離我們最近的陸塊。但我是說我們應該划回英國。」他繼續告訴大家，幾年前，兩名挪威男子划著一艘五公尺半的小艇成功橫渡大西洋。

「但他們的划船經驗相當豐富！」馬許上校大聲說。事實上，八名輪流負責划船的人當中，只有尼爾森先生跟馬許上校划得比較好，其他人都笨手笨腳。

「而且他們身體狀況很好。」執事先生說。

「不然的話，我們就只能在海上漂流，慢慢等死。」尼爾森先生說。

哈戴先生思索片刻後，同意了尼爾森先生的提議。「可能會有船隻遇到我們。」他說。我聽了之後，內心油然升起希望，但他又說：「不過也可能不會有船隻遇到我們。」接下來，他說當時亞歷山德拉皇后號可能偏離正常航線，或是歐戰使得航行此處的船隻變少，害我們仍未獲救。

他叫尼爾森先生跟馬許上校教我們划船的技巧，但許多女性跟泰納老先生都因為身體虛弱或其他原因，無法勝任這項工作。先前我們只能試著勉強留在原處，對抗著難以抗衡的風浪；如今我們開始划船，船身開始劃過海面，強風變成往後吹拂，大家感到精神為之一振。然而，即使是大家認為有力的划船好手，沒過多久便疲憊不堪。才過十分鐘，馬許上校的槳便從槳架上鬆開，落進海中，我們只好耗費寶貴的精力撈起那一支槳。只有馬許上校、尼爾森先生以及格蘭特女士能好好撐完自己負責划船的那段時間，多數人是沒划幾下便累得跟不上節奏。雖然哈戴先生把毯子割成布條纏在槳上，我們的手仍起了水泡。普利斯頓先生接過我的船槳後，我將手伸進海裡，心想碰水能緩和疼痛，卻忘記海水有鹽分，結果我立刻將手縮回來，痛得差點放聲大叫。自從亞歷山德拉皇后號沉沒之後，這是我首次差點尖叫出聲。夜晚降臨時，大家顯然已筋疲力盡，無法繼續划船。尼爾森先生跟格蘭特女次撐到最後才收槳，兩人小心翼翼地讓船槳靠在欄杆下面，以免它們落到海裡。格蘭特女士依然好好隱藏著內心的情緒，但尼爾森先生卻垂頭喪氣。霍夫曼先生拍著他的肩膀，對他說：「總之，你的提議很棒。我們明天再接再厲。」但他並未應聲。

格蘭特女士說如果我們無法划回歐洲，就必須架起船帆航行過去。霍夫曼先生聽完只是聳了聳肩膀。即使他不提醒，我們也記得船上坐了太多人，實在難以航行。划船的提議原本使大家升起希望，現在卻令人沮喪。

# 夜晚

今晚很冷。我們日漸消瘦，身體越來越難保持溫暖。我望向大家，發覺眾人皆眼窩凹陷，兩頰瘦削，我不禁大吃一驚。這變化是緩慢漸進的。在幽暗光線下，我看見大家嘴唇裂開，雙眼空洞無神，衣服變得鬆鬆垮垮，底下浮現不自然突起的骨頭。霍夫曼先前被槳打中臉部，髮線下方仍掛著一道黑乾血跡，但他似乎毫不知情。我絕對也是面容憔悴，跟他們相差無幾，但我的內心從未改變，仍跟沉船當天早上一模一樣——我還記得當時我在鏡前梳頭，亨利始終凝望著我。大家不再交頭接耳，只是偶爾傳來一聲嘆息，或是庫珂女士短促的乾咳。她從昨天開始咳嗽，越咳越劇烈。我知道大家都沉溺於回憶中，藉以逃避當前的殘酷現實。

我曾留意到，亞歷山德拉皇后號離紐約越近，亨利就越顯得焦躁不安。他常跟坎伯蘭先生碰面，兩人不時提到「我們的社會責任」這句話，因此我猜這跟亨利提過的銀行生意有關。亨利還認出某位男士是他們家族的友人。前一天晚上，他跟那位男士徹夜喝酒聊天。我望著鏡子裡的他，猜測他的焦躁應是過度疲勞。後來，他牽著我的手，帶我到甲板上一個可以吹風卻曬不到太陽的角落，跟我訴說了他煩心的事。「最近我在思考要發什麼樣內容的電報給我父母。」他說。我聽完後，先是感到好奇，接著開始懷疑他還沒發電報把我們的婚事告知他的雙親。

起初我心情低落，因為我們已多次談論此事，每一次他都保證事情都已處理好。此外，我忍不住想，我們不該討論是否要取消蜜月，而是該為了一些無關緊要的事開懷大笑，例如：為什麼芙蕾斯特女士總是一副哭喪的臉，或是坎伯蘭先生為了假裝成有錢的銀行家而局促不安，把整件事看得過於嚴重。我們應該什麼話也別說，只是一直靜靜地凝望對方的眼睛，感到滿心歡喜。我們應該找出對方的重要特質，那些我們想知道的特質，並越來越信任彼此。我開口跟他說，原本我以為他妥善處理好這件事了，但亨利將手指擱在嘴脣前方，示意我先別說話。這時一對興高采烈的情侶經過我們身邊，來到甲板透氣。

等四周再度無人，亨利開始說：「今天早上我收到我母親發來的電報，上面說她會跟菲莉思蒂一起到碼頭接我。」

「她怎麼可以！」我大喊。我察覺亨利的言外之意，整顆心都涼了。「她認為菲莉思蒂可以奪回你的心！」我的聲音沙啞，內心既憤怒又痛苦。亨利的母親會有這種錯誤的認知只有一個原因：她以為亨利尚未結婚。

我們佇立了一段時間，留意到海洋正朝兩個方向延伸——其中一邊是歐洲，我在那裡過得非常快樂；另外一邊是紐約，沒人知道我會在那裡遭遇何事。「你拖太久了。」

我說，「這對你母親與菲莉思蒂都不公平，對我也不公平。」

亨利像是個受到處罰的學生，只能同意我說的話。他說午餐之後會立刻把事情處理好，但我說午餐可以晚一點吃，他應該立刻發出電報。我們一起想出合適的說詞，隨後亨利陪我走回房間，再迅速離開，他臉上的神情既像下定決心，也像鬆了口氣——我無法分辨。等他回來後，我們匆匆趕去餐廳就座，直到午餐結束才有時間談到此事。「我處理好了。」他這麼說。我正要問他詳細情況，有個人卻過來拍了他的肩膀，打斷我的問話。那個人是坎伯蘭先生，他似乎有急事需要商量。亨利很高興看到他，並問我能否自己找到回房的路。我覺得這問題很奇怪，畢竟我們已經在船上五天了。「當然可以。」我說，但直到今天，我對那句話仍困惑不解。現在，我認為得那句話證明了亨利在當時還在擔心某件事，也許是工作上確實有什麼讓他煩心的事，一直盤踞在他的腦海中。「我處理好了。」當時他這麼說，然而當我在救生艇上望著海面上的月亮倒影，緊摟著救生衣以抵禦冷冽寒風，卻開始猜想，他真的處理了嗎？

我試著記住亨利和坎伯蘭先生一起離開時，他們談話的內容。坎伯蘭先生對亨利說，馬可尼電報公司停工了，使他無法處理一些生意上的事，因此想跟亨利討論一下。亨利回答說：「可是，我剛剛才發了電報，一切都很正常。」亨利一說完便回頭看了我一眼，點了點頭，接著就跟坎伯蘭先生邊討論邊離開了。

我走上通往我們房間的樓梯，心跳略微加快。如果我沒聽錯，剛才那段話證明了亨利確實有發電報給他的母親——當天下午亞歷山德拉皇后號便沉入海底，那則電報真可謂及時發出。我坐在救生艇上，心想著亨利的那句話也許不是說給坎伯蘭先生聽，而是刻意說給我聽的。隨後我絞盡腦汁，努力回想坎伯蘭先生當時到底說了什麼。因為，在我的印象中，他所說的話總帶有某種含義，遠比亨利是否已告知家人我倆的婚事來得重要。我想起他提到當時馬可尼電報公司已經停工。如果此話屬實，任何電報或信號皆無法發送出去。如果求救信號並未發送，我們的處境會比哈戴先生說的更加艱險。

我在黑暗中閉上雙眼，因為長久坐著，加上恐懼與寒冷使我全身麻痺。有時候，我會把破皮的雙手泡在腳邊的積水中，感受水中鹽分碰到傷口的刺痛感。但是，除了籠罩著我的恐懼感之外，我還是想感覺到其他事物。瑪莉．安靠在我的大腿上，於是我挪動身子，希望能找到較舒服的姿勢，此外，如果她睡得不沉，我也希望可以弄醒她。她大力呼吸，除此之外一動也不動。

「瑪莉．安。」我湊近她的耳畔說，「妳睡著了嗎？」

「怎麼了嗎？」她神智不清地問。後來她稍微清醒說：「發生什麼事了嗎？」但這時我已不那麼想叫她移開身子，因此回答說：「沒事，妳繼續睡吧。」

我試著回想關於亨利的美好回憶——想著我們在倫敦共度的美好時光——卻難以做到。直到日出之前，我才終於沉入夢鄉。

# 第十日早晨

第十天的黎明颳起寒風，十分冷冽。大海波濤洶湧。儘管海浪很大，卻沒有激起浪花，因此我們得以讓船底的積水保持在只有幾公分深。格蘭特女士仍繼續低聲安慰大家。她堅信我們必須朝著遠方的海岸航行才有獲救的機會，而且認為哈戴先生為了擔心翻船而不肯架起船帆是相當可惜的事——這番話她提過了一、兩次。

哈戴先生不願與我對視，但我仍不時向他微笑，試著鼓勵他，儘管我並不知道他是否需要我的鼓勵。我早已覺得他不像人類，他跟救生艇上的其他人截然不同。多數時，我把注意力拉回到自己的內心，試著回想一件又一件事，無論是好事或壞事都無所謂。這天上午，救生艇裡發生過哪些事，我幾乎一無所知，只感覺到衣服溼答答的觸感，感受自己身處於汪洋之中，在一片虛無的中央，令我非常難受。我計算著受寒的身體每隔多久會顫抖一次，虛弱的心臟每隔多久會跳動一下。我試著感覺是胸口比較冷，還是雙腳比較冷。我試著觀察把雙手塞在雙腿之間有無幫助，或者應該把雙手塞進救生衣裡，在胸口前緊緊握住。

我想起昨夜對求救信號的疑慮，兩次想開口說這件事——一次我打算告訴瑪莉．安，另一次我準備要告訴執事先生。我們兩人的視線對上，就在那時哈戴先生宣布水已喝完。因此，我並未向執事先生吐露半句。說到底，只有哈戴先生能讓大家死裡逃生，我不知道引起大家對他的懷疑會有什麼好處。此外，我沒有確切的證據指出馬可尼電報公司並未正常收發電報。我想整理著紊亂的思緒，但更多想法卻繼續湧上心頭。

哈戴先生曾說過，在大火逼得大家逃到甲板上之前，布雷克先生都待在無線電發報室裡。他還提到布雷克先生已確認過求救信號的確有發送出去。那天下午，當亨利跟我逃到甲板上的時候，我確實看到哈戴先生跟一位可能是布雷克先生的人在一起。當時，布雷克先生若是把發送求救信號的事告訴哈戴先生亦屬合理。然而，如果馬可尼電報公司並未正常收發電報，那就會出現兩種情況：當時是布雷克先生騙了哈戴先生，或是哈戴先生現在欺騙了我們。如果是哈戴先生說謊，我唯一能想到的原因就是他想使大家安心。不過，我認為哈戴先生一定相信求救信號已成功發出，要不然，他早知道不會有船隻前來搜救，又怎麼會堅持要留在船難現場附近？現在我又思考著，也許布雷克先生在爆炸之後是在船上的其他地方（哈戴先生大概也是），哈戴先生只是認為一定有人會在發報室裡發送求救信號，因為這是船隻遇難時該做的緊急措施。若是如此，哈戴先生所說的謊言便與求救信號無關，而是想掩飾他（也許還有布雷克）在爆炸發生後的幾分鐘內的行跡。然而，就算我想破頭，仍想不透他們到底在做什麼。

我拋下這些思緒，開始演練我見到亨利的家人時預計說的話。我要提到愛，談到生命中的必然，並告訴他們，我從小就希望擁有許多家人，如今則相當渴望能成為溫特家族的一份子。我打算告訴他們，在聽完亨利對家人的描述後，我就很愛他們。但是，我無法以誠懇的語氣說出這句話，因此決定放棄。我們起爭執時，亨利說他父母相當喜歡菲莉思蒂，他們從小看著她長大，而且雙方的母親是至交好友。

「亨利，」我對著一望無際的大海說，「你絕不能拋下我。」

我一直相信亨利會堅定不移地陪在我身邊，完全無法想像我該如何獨自面對他的母親。我害怕她會怪我害死她的兒子。我擔心她會認定是我把亨利帶到歐洲，害他搭上亞歷山德拉皇后號。她不會認為其實是亨利把我帶到歐洲，而歐戰的爆發根本不是我所能控制。

那天早上，雨水終於落下。起初只是濛濛細雨，如同薄霧，每個人能喝到的水分微乎其微。後來雨勢漸漸變大，沒多久我們便淋得渾身濕透。我在波士頓被萊希曼律師當成瘋子時，提到的就是這場雨。船上的人紛紛抬頭，讓雨水落進嘴裡。瑪莉・安始終不願張嘴，這再度證明她是個麻煩人物。漢娜只好打了她一巴掌，捏住她的鼻子，終於逼得她張開嘴巴。哈戴先生指著沒人看得清的遠方說，天氣即將變得十分惡劣，如果大家不正視這個問題，我們的處境也會危險不堪。只是我們又溼又冷，很難聽懂他說的話到底是什麼意思。

庫珂女士原本在「宿舍」睡覺，現在她走回來輕拍我的肩膀：「記得把遮雨的帆布蓋在身上，毯子才不會溼透。」我不認為現在該輪到我，但無人提出異議，因此我走了過去，鑽進有霉味的毯子裡。接下來，與其說在睡覺，不如說我是自然而然地陷入深沉的潛意識當中，感覺一陣一陣的溫暖——不是指溫暖的回憶，而是人生中沒那麼嚴峻的時刻。我只顧著自己，這樣也許有點任性，但我不認為自己是有意識的，在當時，我只是具軀體而已。別人叫我做什麼就做。因此，當庫珂女士叫我去宿舍時，我不自覺地照做了，彷彿跟她一樣陷入失神的狀態。我能察覺自己身上最細微的感受，畢竟這與我切身相關，至於其他人發生了什麼事，我幾乎一無所知。後來瑪莉・安走過來搖醒恍惚的我，換成她鑽進毯子裡。我走回原位時，才得知在我睡著之際，庫珂女士把自己獻給了大海。我無動於衷，只是好奇她為何這麼做。

「哈戴先生的命令。」漢娜低聲說。

葛莉塔則說：「妳也知道，別人叫庫珂女士做什麼，她都會照做。」

我一想到她們也可能這樣說我，便感到毛骨悚然。

我無法確定哈戴先生與庫珂女士的死到底有沒有關聯。我的律師反覆地問我，但我能回答的只有「我當時睡著了」。漢娜顯然是在她的記錄中指出，只有生病的人可以在「宿舍」多輪一次。那天稍早我已在「宿舍」休息過，因此，事發當時我並不在那裡。庫珂女士能證明自己曾過來拍我的肩膀，叫我去睡；瑪莉・安則能證明是她接在我後面睡在那裡。只不過，她們都已不在人世，至於其他人，很顯然地根本不會記得我當時的行蹤。即使我當時醒著，也很難提出證明，況且我那時睡著了。萊希曼先生指出，漢娜跟格蘭特女士的律師想證實我們有理由懼怕哈戴先生，並證明庫珂女士的事件讓我們有明確的動機去做後來發生的那件事。但是，無論萊希曼先生怎麼反覆提問，我始終這麼回答，一旦輪到我上台作證，我會誠實說明我根本沒有那樣的動機，也沒有親耳聽到當時哈戴先生向庫珂女士說的任何一句話。

總之，當我從溼答答的遮雨帆布下爬起來時，旅館老闆娘海薇特女士正全身顫抖、不斷乾嘔。她表示最後跟庫珂女士說話的人是她。我原先不疑有他，但後來有些人竊竊私語說，在那之後哈戴先生還有跟庫珂女士說話。哈戴先生平常不會單獨跟女性說話，因此我覺得這又是一個傳言，或是漢娜跟葛莉塔在加油添醋，甚至憑空捏造，但我並未親眼目睹整件事的始末，不便發表意見。麥肯女士跟庫珂女士在輪船上是同伴，但她卻顯得無動於衷。「我現在做什麼都於事無補吧？」她說。

雨勢減弱，早晨即將過去。當時的事我幾乎忘得一乾二淨，只記得哈戴先生指著遠方，那裏的海水質地及顏色與其他地方截然不同。

他說：「暴風雨。」

一分鐘後，他又說：「在風雨來臨之前，我們必須決定要怎麼做。」

我看著周圍剩下的三十六個人，再瞇眼瞄著腳踝附近的積水，最後望向遠方波濤洶湧的海面，帶著一種超然的不安感，彷彿那場暴風雨已是過去的往事，而非即將來到的現實。哈戴先生說再十五分鐘暴風雨就會來襲，這時他深不見底的雙眼終於與我對上。

「我們的性命掌握在你的手中。」我試著以眼神告訴他。「快告訴我們該怎麼做。」他久久地望著我。這讓我感到激動、飄飄欲仙。這是數日以來，我首次感覺到溫暖。我知道哈戴先生會盡全力拯救大家。

一道一道海浪打進船裡，因此沒什麼人會特別留意到，天空已轉為前所未見的黃綠色。哈戴先生說：「大家，開始祈禱吧。」我先前燃起的希望瞬間煙消雲散。大家拼命舀水，卻徒勞無功，我眼看著船裡的積水節節高漲。

「唉，放棄吧！」我大喊。「我們要沉船了！」我認為我們只剩死路一條。我的雙手緊緊抱在胸前。「沒辦法了。」我向大家吶喊，或許只是向瑪莉．安喊著：「我們死定了，難道妳還看不出來嗎？」

「一定有辦法的。」霍夫曼先生理性地說，「我們之前談過了。有些人可以跳海，這樣就能減輕重量。」他停下來讓大家把這句話聽進去，接著再說：「這是唯一的選擇。」

我望向哈戴先生，想著他會有何反應，但他面無表情，只是盯著前方的暴風雨。

馬許上校大喊：「是這樣嗎，哈戴先生？」

這時我們抬起頭，哈戴先生炯炯的目光像是手電筒般掃視著我們。

「嗯，除非你們寧可淹死，否則確實是這樣沒錯。」他說出這句話時，彷彿打開了一個關著野獸的籠子。這時我才終於有辦法再度呼吸。

「沒錯。」我相當冷靜地說。我已不再恐懼，反而像個理性的人，檢視著各種數據與機率，理智地決定該選擇何種投資方式。

瑪莉．安則驚恐不已。「跳下船？」她說，「刻意跳下去？」

「當然是刻意的！」我大吼，雖然我並不想這樣對她。那瞬間我只想到跳船能換來活命，完全沒想到那也會帶來死亡。此外，我也沒想過必須犧牲的人或許會是我。在父親遭逢變故之前，我享盡各種禮遇，有像瑪莉．安這麼漂亮的女傭負責把晚餐送到我的面前。她一定想到了死亡與犧牲，整張臉垮了下來，十分驚恐且充滿恨意。

我認為虛弱的人應該跳海，例如瑪莉．安或瑪麗亞。有個人（是尼爾森先生嗎？）說男人在這種情況下比女人有用，如果非得有人犧牲，那個人應該要是女性。儘管我在某種程度上同意這個論點，但聽到時仍感到一陣驚恐。也許，正是因為他說得沒錯，所以我才如此抗拒。瑪莉．安瑟縮在我身旁，幾近昏厥，但我撥開她耳畔的髮絲，低聲說：「瑪莉．安，為什麼妳不想下水呢？妳只要往海裡一跳就解脫了。反正妳遲早會死，而且我聽說溺死還算好受，餓死或渴死才真的痛苦。」

我該因此受到譴責嗎？可是，人其實無法控制心裡會湧現什麼想法。我認為人該為自己的行為負責，但不必為自己的想法負責，因此，我有時候會把這些想法說出來，這或許是我的罪過。我只能說，那時我被迫坐在瑪莉．安的身旁，她想泣訴或抱怨時，第一個找的就是我。總之，等她回過神後，她說她做了一個清晰的夢，夢中的她自願跳海解救大家。

「只剩十分鐘！」哈戴先生大喊。

我大概數了六秒，然後說：「九分鐘。」我比較像在告訴自己，而非告訴瑪莉．安。

普利斯頓先生忽然很激動地說：「各位男士！」他大喊，「各位男士快來後面！」

「要做什麼？」尼爾森先生問。

格蘭特女士說：「我認為一定還有其他辦法。」但她說完這句話便陷入沉默，拿著她從別人那邊搶來的水瓢努力舀水。

「哈戴先生說得沒錯！我們這些男士應該抽籤決定由誰跳海。」普利斯頓先生說。他的聲音尖銳而顫抖。

他才剛說完，哈戴先生便大喊：「八分鐘。」

一股恐懼竄過我的全身，感覺與我隔得很遠，但我能仍感受到那股顫慄，就像能感覺牙齒打顫，暴雨猛然打上我的臉，雨水流下我的脖子與衣領，或是心臟不規律地亂跳一樣。

尼爾森先生說：「為什麼叫男性跳海？為什麼只叫男性？」

瑪莉．安問：「那女性呢？他們還會叫其中一位女性跳海嗎？」

「當然不會。」我說，「妳覺得呢？不過，若是有女性自願跳海，我想他們應該不會阻止。」

我沒注意到，我跟她都服膺於「他們」的概念，認定權力結構的上層是由一群人占據著——「他們」負責做決定，對的時候享有好處；錯的時候承擔後果。我敢肯定當瑪莉．安聽到不會有人要她犧牲時，徹底鬆了一口氣，然後她那雙虛弱沒用的小手牽著我，展現出對我的信任。

哈戴先生像變魔術般拿出幾根細木枝。「只要男性跳海。」他清楚表示。「這裡面有兩根比較短，另外六根比較長。抽到短籤人必須跳海。」

我不懂為何差兩個人就能決定大家是生是死，但沒人提出質疑。哈戴先生說是兩個人，就應該是兩個人。我們都假定他知道自己在做什麼。

大約一分鐘過去了。那片漆黑洶湧的海面離我們越來越近，只剩二十五到三十艘船的距離。幾道閃電劈開黝暗的天空。

「我不想勉強任何人。」哈戴先生說完，自己先抽了一根。他隨意瞄了那根木籤一眼，我從坐在他身邊那些人的表情看出來，那根是長的。第二位抽籤的是尼爾森先生。他的眼睛空洞無神，我想他應該不完全意識到自己在做什麼。

馬許上校抽籤時頗為冷靜。這時泰納老先生開了一個玩笑：「如果我抽中的話，就是我這輩子第一次中獎了。」他是小艇上沒穿救生衣的人之一，看起來比他原本的身形更為削瘦單薄。在還沒輪到他抽籤的時候，他陡然站起，狂笑一陣後，便跳進海裡。現在只剩四根木籤，其中一根是短的。我看著普利斯頓先生抽出一根，然後他鬆了一口氣。執事先生爬向船尾抽籤時顯得驚慌失措。除了他之外，只剩辛克萊先生和霍夫曼先生尚未抽籤。霍夫曼先生聳了一下肩膀，伸手抽籤，整個過程他都瞇眼盯著哈戴先生。我再度感覺到他們之間有著某種祕密。

「上帝幫助我們吧！」執事先生說。他跪在船底面向哈戴先生，背對著我們，朝著颳著狂暴的蒼天伸出緊握的雙拳。「上帝啊！」他悲嘆著，「我非常願意為了這些蒙主寵愛的孩子犧牲自己，但為什麼如此難做到呢？」他以悽楚的眼神望著海浪，也許正因害怕而顫抖，也許發現「蒙主寵愛的孩子」不適合形容救生艇上的大家。我摀住耳朵，不願聽到他的聲音，並且比先前更緊地摟著瑪莉．安。我們開始露出低劣不堪的本性，把禮節拋諸腦後。一旦失去了食物與容身之處，人性中的善意與崇高也會隨之消失殆盡。

執事先生用無盡哀傷的眼神看著辛克萊先生的方向，隨後抽出剩下的兩根木籤。「我不知道這樣算不算自殺。」我聽到他這麼說。「我不知道這樣是否能上天堂。」他輕拍辛克萊先生的背，攤開手掌，那兩根木籤立即被風吹走，飛向大海。他緩緩站起來，開口說：「願上帝祝福並保佑你們。」說完後，他脫下救生衣扔給哈戴先生，接著便跳入大海，隨即不見蹤影。

辛克萊先生大喊：「回來啊！應該是我跳海才對！」但沒人理會他。辛克萊先生以強健有力的雙臂抓住欄杆，高高撐起身子，卻沒人阻止他。最可悲的是，他竟然是為了我們這群卑賤之人而犧牲性命。只是我並未仔細去思考，因為馬上有別的事奪去了我的注意力——暴風雨來襲了。

# 第十日下午

我終於明白，為何哈戴先生會說先前的風勢只不過是微風。這種強勁的風勢大概連他都覺得措手不及。如同輪船大小的巨浪席捲而來，救生艇像顆小果實般被高高拋起。我想到執事先生與辛克萊先生，想到哈戴先生該如何避免成為殺人兇手（是的，我確實用了這個詞），畢竟我真的認為船上的人數根本無關緊要。因為，我們可能在幾秒內全數喪命。我最懊悔的是，竟然在死前發現了人性的低劣。過去二十二年來，我始終相信人性本善，想抱持這個信念直到人生的盡頭。我希望每個人都能適得其所，沒有利益衝突。若悲劇注定要發生，也不是出自人類所能掌控的原因。

我想著這些事，思緒紊亂不清。整艘救生艇一下子被大浪高高舉起，一下子又重重地摔進浪花之間，漆黑的海水像牆壁般包圍著我們。哈戴先生跟尼爾森先生各自拿起一枝船槳；馬許上校與霍夫曼先生用力抓住第三根船槳；我則在一旁看得驚恐不已。他們一起奮力使船頭朝著風向，我們所能做的，只不過是設法划離這裡。大家紛紛抓緊彼此，就像我牢牢抓著自己的信念那般。格蘭特女士與普利斯頓先生也拿起船槳盡可能地幫忙，卻敵不過猛烈風浪。然而，我依然感謝他們能如此拚命，願意抓著長長的船槳奮力拚搏，即使幾乎徒勞無功，卻毫不放棄。我一隻手抓緊座椅，就像騎士抓緊發狂的馬，以免被狠狠甩出去，另一隻手則抓住身邊的瑪莉．安，而她也以雙手緊緊抓住我，彷彿我是能救她一命的浮板。

大雨從頭上猛打下來，鋸齒狀的閃電不斷地劈開天空，把我們嚇得更加驚恐。海浪似乎有八、九公尺高，但事實上，當時我連救生艇有多長都看不清楚，因此這只是我的個人估計。後來哈戴先生說海浪高達十二公尺，但我不知道他如何做出判斷。救生艇有時會停在浪端片刻，隨即往下直墜，像是雪橇划過結冰的山坡，害我們感到反胃。有時沒那麼幸運，大浪會猛然沖向我們，海水沖進船裡，積水深及膝蓋，幸好這艘小船依然沒有沉沒。

在暴風雨來襲的幾分鐘前，哈戴先生重新指派划船的人員，並把空餅乾罐交給漢娜跟伊莎貝爾，她們立刻跟別人一起奮力舀水。先前他小心保管著幾個空水桶，彷彿裡面仍然有水似的，現在他劈開其中兩個水桶的頂端，交給馬許上校與霍夫曼先生，他們開始試著抓住滑溜的木桶拼命舀起積水再倒進海裡。整段時間，哈戴先生賣力使船頭對準海浪，划船的人也使勁從旁協助。船身激烈地上上下下，將積水舀出船外的工作，五次只有一次會完全成功，但是他們仍繼續奮戰不懈，像是瘋狂，但更顯得英勇。

我忍不住地想：如果少了這五名強壯的男士會怎麼樣？如果抽到較短木籤的是馬許上校該怎麼辦？如果是尼爾森先生或哈戴先生自己抽到會發生什麼事？

泰納先生年紀最老，執事先生則羸弱消瘦，雖然辛克萊先生的手臂長滿肌肉，雙腳卻不良於行。我忽然感到驚悚，渾身顫抖，明白到這不是好運，而是由一隻狡猾的手在背後操縱。哈戴先生並未把一切交給機率，而是早已決定誰生誰死。

我無法驅散心裡的這個想法：這艘救生艇上暗藏惡意，我能活到現在，都是靠著那位惡魔。

沒多久，霍夫曼先生沒抓好手中的水桶，那個水桶旋即消失在狂風暴雨中。哈戴先生沒說話，只是把手中的船槳塞給霍夫曼先生，並且劈開剩下的兩個桶子。我瞄到桶子裡沒有一滴雨水，只裝著一個小盒子，哈戴先生迅速將它塞進外套裡，隨後動手以桶子舀水倒回大海。我當時並未對此事留下印象，只是一心認為哈戴先生已盡力延後飲水喝光的時間。

暴風雨來襲期間，除了剛才那件事之外，只有另外一件事在我心中留下較強烈的印象。原本天色已經很暗，如今更暗得如同黑夜。雨水不斷落下，海洋與天空彷彿交融在一起。救生艇繼續翻騰而上，隨後驟然下墜，或是衝進海浪頂端的水花中。雖然我感到反胃，彷彿墜入無底深淵，但依然感謝上天與哈戴先生讓大家逃過一劫。

當我正在感謝這次又能安然落下時，卻聽到船身傳出響亮的撞擊聲，坐在右側的那些人發出叫喊。哈戴先生停止舀水，問他們在吵什麼。「我們撞到了某個東西！」有人這樣回答，也有人說：「某個東西撞到了我們！」——哪個說法其實都無所謂。我們不知道那是先前弄掉的桶子，還是亞歷山德拉皇后號的殘骸，或是上帝用來毀滅我們的某樣物體。

風勢終於減弱，滔天巨浪變得較為和緩，但雨持續下到深夜。哈戴先生讓剩下的兩個桶子靠著船的側面，旁邊擺著溼透的毯子，然後要求坐得最近的那些人以遮雨帆布蒐集雨水再倒進桶子裡。我從來沒想過還有這一個方法，即使想到了大概也不會付諸實行。我相信哈戴先生一定是個樂觀主義者，或者說，這些只是人在奮勇求生時自然會產生的本能行為。

# 夜晚

芙蕾斯特女士一直都只是沉默不語並保持警戒，卻一夜之間精神錯亂。她胡言亂語地說著她丈夫在船難那天喝酒，大概已經死了。「如果你這次敢再碰我一根寒毛，」她說，「我絕對會用你自己的刀子在晚上將你一刀斃命。」她把坐在她正對面的馬許上校當成她丈夫柯林，舉起手做出要砍殺他的動作，大家連忙制止她。已服侍她二十幾年的女子瓊恩伸手抓住她，求她保持冷靜。「夫人，他不是柯林先生。」她鎮定地說，「柯林先生不在這裡。」

「真可憐。」漢娜同情地說。任何人想碰芙蕾斯特女士，或試圖安慰她，都遭到她的反抗。最後，她昏了過去。在普利斯頓先生跟格蘭特女士的協助下，瓊恩把她拉到前面，讓她盡量能舒服地躺在潮溼的毯子上。這樣也就沒有其他人能在那裡休息睡覺。霍夫曼先生一心想將她丟進海裡，但漢娜與格蘭特女士出面保護她，並且表示她會這樣都是男人害的，而男人在做完壞事後竟然還能過得很好。

我始終忽睡忽醒。清醒時，想著這一天的驚滔駭浪；睡著時，夢見這一天的種種情景。有時，我以為自己落到海裡便驟然嚇醒；有時，我真的在往下摔落，卻是落在身旁的瑪莉．安或普利斯頓先生身上。

這天晚上，有個想法一直縈繞在我的心頭，那就是，一個人很少能夠在清楚的是、非，或是善、惡之間做選擇。我清楚看到，大多數的時候，人所面臨的選項是模糊混沌的，也沒有明顯的路標能指出該選那條路走。哈戴先生先生安排的抽籤是對的嗎？我只能說，那件事無關乎正確或錯誤。真要說的話，從我們在第一天對那名男孩見死不救開始，我就已不斷地感到良心不安。我不知道把那男孩救上來有多困難。前一秒我還覺得那是輕而易舉的小事，但下一秒我回想起當時救生艇與他之間充斥著各種障礙物，十分危險。如今，我依然不確定自己是誇大了還是低估了前去救他的危險性，但我認為，救生艇上的我們若須承受任何刑責，罪名應該是拋下那個孩子。

也許是因為穿著溼透的衣服相當難受，也或許是對那孩子抱持著莫名的同情，所以我沒有再睡著。我一面想著他的事，一面注意到格蘭特女士正望著遠方的燦爛星辰。格蘭特女士與我之間隔著瑪莉．安，但她靠在我的大腿上，並不顯眼。格蘭特女士發覺我仍醒著，便握住我的手。這是她第一次這樣做，也是最後一次。我說我正在想著那個孩子，她回答：「想也沒用，事情都發生了。」接著我把馬可尼電報公司的事全告訴她，還說出我懷疑哈戴先生編造了求救信號一事。她感謝我告訴她這些話，然後以神秘的語氣說：「如果我們早點知道這件事……」但她只把話說到一半，並未繼續說出她的想法。

如果我們早點知道這件事，然後呢？我們在最初幾天就會採取不同的行動嗎？除了會更早就把人丟進海裡，以及趁有力氣時及早拿起船槳或搭起船帆，設法回到歐洲之外，我真的想不出來我們還能做些什麼。

破曉後，很快就有人發現原先安靜坐在船尾的兩位修女不見了——沒有人看見她們跳海。儘管瑪莉．安從未跟她們說過話，仍大為震驚。也許是她們跟我們的年齡相仿，所以瑪莉．安覺得這是個預兆，暗示著我們之後的下場。她瞪大雙眼，轉身問我：「妳覺得我們會死嗎？」當時我認為我們必死無疑，而且很想坦白地告訴她。我跟瑪莉．安一樣，因昨天的事而大受打擊，但是她竟然還敢期望我會知道答案，或者仍有力氣，這真的讓我氣憤不已。我想對她大吼：「我們絕對死定了！那兩位修女不用再受折磨，真是幸運！」但我並沒有這麼做，反而將手好好搭上她的肩上，湊到她耳畔念著一些祈願的話語。我記得我是說：「上帝保佑我們吧。」但也可能是說：「哈戴先生正在拼命想辦法。我還是對他有信心。」

後來，我們進一步做檢查，發現那個不知名的物體在右側欄杆下方撞出一個拳頭大小的破洞，而海水正不斷地湧入。那天晚上哈戴先生試著修補破洞。就以此事而言，我們的處境跟先前一樣悽慘。

# 第十一日

我們原本有三十九個人，但是加上那兩位修女，如今已少掉八人，其中不包括芙蕾斯特女士，她已病懨懨地躺在毯子上兩天了。

「我們根本不用殺了泰納先生、執事先生，還有辛克萊先生的，不是嗎？」瑪莉．安大喊。「我們應該再多等一下的！」

「妳給我閉嘴，笨蛋！」哈戴先生吼回去。「我們昨晚差點就沉船了，難道妳不知道嗎？妳沒看見海水仍從那個破洞流進來嗎？這表示船上的人還是太多。我們現在不是只剩一點食物，而是根本沒有。」

這時，我發覺哈戴先生的身形似乎變小了。他相當消瘦憔悴，彷彿整個人都縮了起來。他第一次露出疲態，有時顯得委靡。他以左手撐腰，像在忍受昨天對抗風雨時所造成的傷口。我不想看到他這副模樣。漢娜見狀變得非常大膽，在船上走來走去整理東西。哈戴先生只是看著她，就像是受傷的狗看著自由來去的野貓。

我知道我們正往死亡邁進。唯一意外的事，就是我們竟然還活著。這一整天，我深深感覺到自己跟古今無數的男女有所連結，我們都在某個時刻從自己身上出現這樣的領悟：生命是一條下坡路，每個人終究會發覺自己置身谷底，水淹至頸。這樣的領悟，正是人與動物的差別。

換個角度來看，直到第十一天我才真切感覺到自己活著。我終於能夠忘卻空蕩的胃，以及溼冷的雙腳。我不再相信有船隻會來營救我們，也不再相信亨利會在岸上等待我。我望著自己的雙手——它們已變得粗糙又破皮——頓時從一個新的角度思索「天助自助者」這句諺語。難道，一定要提及天或上帝嗎？我想著。難道一個人非得將自己的力量與善念歸功於上帝，否則就無法堅強與善良嗎？昨夜下足了雨，我們因此能裝滿水桶。這要感謝哈戴先生的先見之明，讓我們有了足夠的水喝。

今日天氣晴朗。儘管仍颳著風，海浪卻不大，只有微微起伏，並未激起浪花。如今人數減少，更容易調整重量，抵抗船帆使船傾斜的力道。哈戴先生盡力修補破洞後，把帆布綁在船槳上，大家再度往前航行。尼爾森先生負責掌舵，其他人輪流把毯子攤開，放在大腿上曬乾。雖然太陽曬得我們幾乎脫皮流血，但直到此刻我們才感覺到了陽光的溫暖。我看著水泡開始結疤，不由得讚嘆身體的復原能力，儘管與死亡近在咫尺，身體仍然能展現生命力。現在我們有水可喝，卻沒有食物，開始隱約地擔心會慢慢餓死。我問普利斯頓先生，人類若不進食能活多久。他回答大約能活四週至六週。

「前提是必須有足夠的水喝。」他說。

「我們一定可以撐得更久。」我說。他說他也希望我們可以。他滿臉憂愁，於是我又說：「我認為我們一定能度過難關。」儘管，我們應該是難逃一死。

就在那時，普利斯頓先生說他曾從他認識的一位醫生那裡聽過一個論點。「餓死不單是與身體的狀態相關，」他說，「還跟心理狀況有關。有求生意志的人比放棄希望的人更有可能存活下來。」

「那我們一定要有求生意志。」我對他說，但同時感到心臟怦怦狂跳。

「我想起了多莉絲。」他說。「多莉絲是我的力量來源。」他並未說明，但我認為多莉絲是他的妻子。「我不在乎自己是生是死，但我必須為她活下去！」

「那麼，你不想活下去嗎？」我問，一時被他激烈的語氣嚇了一跳。「你不想為自己活下去嗎？」

他的嘴唇嚴重乾裂，腫成兩倍。先前他在暴風雨中奮力划槳，現在他的手掌傷痕累累。他始終握著拳頭，只有當船身忽然搖晃時，才會伸手扶穩身體，那時我才看得到他紅腫的手掌。他聳了一下肩膀，以平靜的聲音輕輕訴說他的日常生活。每一天他都到沒裝暖爐的倉庫，坐在微弱的燈光下，把一大推數字分項填進帳本。既然他能忍受那樣的工作，日復一日、年復一年，一切只為了讓他跟多莉絲有食物可吃、有個還不錯的地方可住，那麼，就沒什麼是他不能做的。我想到我的姐姐米蘭達，想到我原先根本不認為她有多堅強。在我眼中，她介於普利斯頓先生與瑪莉．安之間。如果現在困在這裡的人是她，而不是我，不知道會是什麼樣的情況。

我們賣掉原先住的大房子後，米蘭達說服我跟她一起回去看看。我們站在街邊，望著後院的樹籬與矮牆。米蘭達的膽子大了起來，我們繞到前面，裝出漠不關心的模樣。忽然間，米蘭達站在大門口正前方的街道上，放聲大喊：「他們怎麼可以奪走我們的房子！」我對她說，他們並未奪走這棟房子，是我們自願放棄的。其實米蘭達的反應深深擊中了我的心。不過，那分情緒只是我對姐姐的不耐煩，並不是對那些可以過得比我們家以前還要好的人的憤恨之情。

當我們佇立原地，像是露宿街頭的乞丐時，一位年輕女子開門出來，後面跟著應該是她父親的男士。我們跑到街的另一邊，稍微藏身於樹叢後，她應該不會看到我們。只是，她的身影刺進了米蘭達的心裡。她朝這兩位新屋主凶惡地瞪了一眼後，才肯跟我離開。我的感受則截然不同。大部分的我很欣賞他們。我看著那位年輕女子身穿潔白長紗以及綴著天藍緞帶，給了我一種奇妙的希望。

我跟普利斯頓先生的對話中，有某種東西讓我心情穩定了下來。我不清楚是因為我發現自己心中藏有活下去的動機，還是他喚起了我的好勝心，讓我決定不屈服於眼前的困境。我環顧周圍的其他人，隨後從某人手中把離我最近的水瓢搶過來，開始舀水，彷彿我的存活取決於這些舀水的動作，或許，確實如此。

歐洲比美國離得更遠，但我們已決定要航行回歐洲。哈戴先生有時會大喊：「向下風調整。」或是大喊：「下風滿舵。」這代表他要依照風向改變船的行進方向。我們必須跟著移動座位，藉以抵銷風吹到帆上的力量。在其中一次換完座位後，我發覺我的正前方坐著瑪莉．安，她的兩旁分別是漢娜跟格蘭特女士。她一會兒看著漢娜，一會兒看著格蘭特女士。我聽到她說：「他沒有耍特權。他自己也有抽起一根木籤。」

漢娜語帶諷刺地回答：「妳以為他不知道哪根長、哪根短嗎？整件事都在他的掌控之中。昨天要不是有尼爾森先生、霍夫曼先生跟馬許上校在的話，我們該怎麼辦？就連普利斯頓先生都比大多數的女性有力氣。只有最沒力量的男性跳海，妳以為這純屬巧合嗎？」

頓時然，我想起昨天我也有相同的想法，卻已忘得一乾二淨。「就算這是他的計謀，」我大膽地說，「他也是為了救我們。」

「所以呢？」漢娜語氣冰冷地說，「妳認為只要能保住妳的命就可以殺人嗎？」

我不知道該如何回答，也不知道為何漢娜似乎突然地討厭起我來。然而，格蘭特女士以她慣有的讚許眼神上下打量著我，然後說：「漢娜，妳不用擔心葛瑞絲。她之後會派上用場。」

瑪莉．安後來坐到葛莉塔旁邊。葛莉塔是個年紀較輕的德國女子，十分崇拜格蘭特女士。我看到她倆把頭湊在一起，熱烈交談。懷疑的火苗正在四處延燒。那天稍晚，格蘭特女士開始質疑哈戴先生的方向感。

「我們根本在兜圈子。」她說，「我們一下子朝這個方向，一下子又朝那個方向。」

哈戴先生聽完，以嘲諷的語氣問她：「妳怎麼知道？」

我再度察覺他在暴風雨時受了傷，因為他已脫下執事先生交給他的救生衣，並將左臂綁在胸前。然而，我很高興看到他握住刀子，準備就緒，望著海面尋找魚的蹤影。這才是原本的哈戴先生，也許他的傷勢沒有想像中的嚴重。

漢娜說：「我記得我們原先計畫往東方前進，這樣才能利用風勢與洋流，可是不知道為了什麼緣故，我們現在正往南方前進。」

她說得沒錯，現在太陽剛過最高點，開始往下降，方位變得越來越明顯。瑪莉．安哭了起來。不管這些話有沒有道理，大家都變得沮喪。

哈戴先生說：「我倒想見識一下妳有沒有辦法筆直順著風向航行。只要妳有一點概念，就知道那絕對辦不到。」

「但我認為風是從美洲的方向吹過來的。」漢娜說。

在那之後，哈戴先生再也不願說話，只是忙於各種瑣碎的工作，但我發現他已修正航向，我們再度朝著應該是往東的方向前進。格蘭特女士低聲稱呼我們為「親愛的」，並向大家保證我們並未迷失，只要一直朝向東航行，遲早會抵達英國或法國。格蘭特女士與哈戴先生之間的分歧已有一段時間，只是尚未浮上檯面。我現在發覺到，她從第一天出面主張要救那個孩子開始，便善用許多事件營造出對自己有利的局勢。她是第一個提議揚帆航行的人，即使救生艇因太過擁擠而不利航行，但聽起來仍像是個好主意。後來她高聲批判抽籤那件事，認為應該有其他的辦法。那三人的死其實對大家都有利，但格蘭特女士卻利用那起事件讓自己站上了更高的道德位置。

哈戴先生在尋找魚的蹤影，肩膀拱了起來，看起來更像是一隻野獸。他的雙眼深陷眼眶之中，偶爾會瞪著我們，眼神隱約透露著懷疑。我的直覺告訴我，他不再確定自己的領導地位。此外，他身體變虛弱了（大家都是這樣），原本他的話能使大家產生信心，但現在的發言卻遠不如之前強而有力。船上的女性徵詢格蘭特女士想法的次數，已不比向哈戴先生提問的次數少。有一次，哈戴先生為了補眠陷入沉睡，格蘭特女士大膽地直接走到裝水的木桶那裡，探頭往裡看。「裡面的水比我想像中的少。」她回答我們的提問。之後，她跟漢娜說了一些悄悄話，漢娜聽時眼睛瞇成一條細縫。「他以為我們這麼笨嗎。」漢娜說。等到哈戴先生醒過來，她直接問他桶子裡剩下多少水。

「至少夠喝四天。」哈戴先生說。我們認為他在說謊，畢竟格蘭特女士親眼看過桶子裡剩下多少水。

「別騙人了。」葛莉塔大喊，「我們又不是三歲小孩！」

哈戴先生吃了一驚，但並未改變說法。

「那就打開水桶讓大家瞧一瞧啊。」漢娜說。

「又不是在搞民主。」他回答完，再度觀察起太陽的角度。微風不斷吹拂，救生艇順利往前航行，但水桶的事以及早上弄錯方向的事已嚴重毀損了哈戴先生的威信。此外，船上少了三名男性，他自然也少了三位重要的盟友。如果他能清楚地向大家解釋，也許能避免威信大減，但他只是板起臉解釋著視風與真風，談論著地球磁場與經緯度，還突然批評起有些人根本是有錢無腦。我們認為航海沒有模糊地帶，會就是會，不會就是不會。我們不想聽到什麼大氣干擾或盛行洋流，也不想聽到什麼風向轉移或上帝安排。

入夜後，格蘭特女士和漢娜走到船尾，瑪莉．安也躡手躡腳地跟在後頭。她們再度要求哈戴先生打開桶子，讓大家自行判斷目前的處境。哈戴先生再次拒絕。她們三位擋住我的視線，我只能稍微瞥到哈戴先生幾眼。也許是因為營養不良，或是先前暴露於風雨之中，我的聽覺與視力有時很模糊，難以確實地了解當前的情況，但是，當我回顧那幾日的大小事時，仍能從片段的記憶中整理出一些頭緒。一方面，我想相信哈戴先生聲稱船上的飲水足夠撐上好一陣子的說法，儘管我認為一、兩天後大家都死定了。另一方面，我也想探求真相。雖然我很氣哈戴先生可能說過幾個謊言，也犯過一些錯，但是，我也很氣格蘭特女士與漢娜在船上製造的緊張情勢。最重要的是，我不願看到哈戴先生的眼神閃過一絲恐懼，不想看到他流露出一絲軟弱，因為，我已將生存的希望寄託在他身上。我想，許多人也不願見到他們攤牌。格蘭特女士也許說得沒錯，但我們仍想抓住幻覺，至少抓住目前僅剩的幾縷幻想。

# 第十二日

在我們困在救生艇上的第十二天，不知為何，一群鳥忽然從天而降。

「這表示我們會得救！」海薇特興高采烈地說。

「這表示我們會死掉！」瑪莉．安大喊。她一直顯得驚慌失措。

「我們當然都會死。」哈戴先生精神奕奕地回應著此起彼落的議論。「只是不知道是什麼時候而已。」

「這是上帝的禮物。」伊莎貝爾說。她始終滿臉嚴肅，相信上帝。瑪麗亞以手比劃著十字架的形狀。霍夫曼先生跟尼爾森先生立刻舉起船槳，把鳥屍從海面撥過來，由其他人動手撿到船上。

檢察官告訴萊希曼先生，他打算在法庭上用這件事為例證，證明我們無須互相殘殺，但是，有誰知道上帝會不會再讓一群鳥從天而降呢？「我們怎麼可能期待這種事？」我驚訝地問，「我們根本從沒聽過這種事啊。」

我們一整天都在討論這些是什麼鳥。漢娜已接替執事先生的任務，負責餐前禱告及講述上帝的話語。她堅稱這些鳥是鴿子，因為就象徵角度而言，所有鳥類皆可分為鴿子或老鷹。我們都希望這艘船正逐漸接近陸地，心照不宣地稱這些鳥為鴿子，但依然動手拔掉牠們茶褐色的羽毛，張口咬著血淋淋的生肉，啃著細細瘦瘦的骨頭。

此時，哈戴先生卻潑了大家一桶冷水。「這些鳥會掉下來不是因為我們離陸地很近，而是因為我們離陸地很遠，牠們飛得精疲力盡，最後累死，所以才從天上掉下來。」

大家都聽到了。我們知道他所言不虛，其實，我們也很清楚自己處在汪洋的中間，離陸地有千里之遠。但沒人希望在遇到值得歡欣的好事之際，還被提醒這一點。我們填飽肚子之後，格蘭特女士建議大家風乾剩下的鳥肉，這樣明天就有食物可吃。「這種奇蹟不太可能再次發生。」她說。我們開始動手，沒多久大家便沾滿羽毛與內臟殘渣，活像是恐怖屠宰場的員工。從第一天起就一直很嚴肅、不苟言笑的麥肯女士，這時卻說了出乎大家意料的話：「真希望我姐姐能看一看我現在的這副德行。」這麼正經的人竟然也會說出像是玩笑的話，惹得大家聽完哈哈大笑。

鳥肉吃起來很油膩，透著一絲魚腥味。剎那間，我覺得自己是個肉食動物，但是當我環顧四周時，才領悟到，大家都是肉食動物，而且一向如此。不過，我最在意的還是普利斯頓先生先前關於不進食能活多久的論點。如今，我們又能多撐一、兩天不致挨餓，我覺得這是最夢寐以求的恩典。如今回想，那時的我們不再盼望有人前來搭救，開始相信唯一之計便是自救。有些人會像我這樣，對周遭事物湧現一股奇異的感同身受，無論是對天空，對海洋，還是對同舟共濟的這一大群人——我們的鮮血流過下巴，裂痕爬滿雙脣，每當我們露出微笑，嘴脣便裂開流血，隱隱作痛。

# 夜晚

這樣大吃一頓或許是錯誤之舉，有些人因而消化不良，肚子疼痛不已，整個晚上隱約傳來有人排泄的聲音。但我沒有這種困擾。我在下午有種奇異的放鬆感，也對船上的同伴們產生同情。隨著夜色越來越深，這種情緒也越來越濃。除了稱之為樂觀外，我不知道還能如何稱呼這種滿溢心中的情緒。當瑪莉．安把我拉向她，用她的小手環抱我的肩膀，我也緊緊擁抱著她。

由於哈戴先生在第一天叫我跟瑪莉．安坐在一起，使她變得慣於尋求我的指示。我想，她會喜歡找我還有其他原因：哈戴先生比較冷漠，難以接近，一般人幾乎沒機會直接跟他說話；格蘭特女士與漢娜總是忙來忙去；而我一直都有空。那天黃昏，火熱的夕陽燒向海面，餘暉照亮整艘救生艇，臉上還沾黏血跡的我們簡直就像一群惡魔。漢娜以一條破布沾著海水，四處替大家擦掉臉上的血跡。瑪莉．安看到每個人都沾著羽毛與血，才突然意識到自己也是相同的可怕模樣。

「葛瑞絲。」她以手遮臉，低聲說，「妳那邊有布嗎？」

「妳要用來幹嘛？」我問。

「我想用來洗我的臉！我的臉很恐怖吧？」

我說我沒有布，但漢娜手上有一條，而且很快便會過來替她擦臉，就像她替別人擦臉那樣。

「我想自己擦！」她大聲說。「妳可以扶我過去欄杆那邊嗎？我可以探出船外用海水洗臉。」她伸手指向普利斯頓先生旁邊的座位。她往那邊走時，我讓她緊握著我，但她不願再往前，反而堅決地說：「不行，妳要陪我一起去。普利斯頓先生，你可以跟葛瑞絲換個位子嗎？」

這時瑪莉．安已把我拉到普利斯頓先生的前面，他只好與我交換位子。我們坐下後，瑪莉．安說：「現在我們互相替對方洗臉吧。我就像是妳的鏡子，妳也像是我的鏡子。」這時夕陽已有一半落進海裡，轉眼便會天黑。

「等一下就看不見了。」我說，「天黑之後，鏡子就沒什麼用了。」

「所以要趕快呀。」瑪莉．安說。

我想，她也許是擔心等漢娜到她身邊時，天已太暗，使漢娜無法好好地替她把臉擦乾淨。我也想到是瑪莉．安的腸胃正在痛，只是想找藉口坐到欄杆旁邊，等需要拉肚子時就不會驚動別人。大約三十分鐘後，漢娜過來問我們是否要她幫忙擦臉，我抬頭看著漢娜，聽到她說：「很好，看來妳們的臉都擦好了。」這時，我突然恍然大悟，明白瑪莉．安急著催促我的原因——是嫉妒。我認為瑪莉．安注意到我跟漢娜偶爾會交換眼神，而她不想讓我們再有這種機會。剎那間，我感到怒火中燒，氣自己竟然被如此擺布。

當然，也可能是我誤會了。我只顧著為瑪莉．安的行為尋求一個合理解釋，卻忘了她做過許多無法理解的古怪舉動，而唯一可能的理由是她太過痛苦與慌張，才會如此匪夷所思。其實，就連我在救生艇上做過的行為也是難以理解。同樣的，要求一個精神狀況明顯不佳的人，對自己的行為做出合理的解釋，未免也太不公平。不過，這些正是我當時的想法，因此，基於誠實的原則，我仍把此事寫下來。這件事也說明了，在那段無止盡的時間裡，我們幾乎無事可做，只能替所有事找各種說法，就像一般人也會試著解釋自己所面臨的各種狀況。

稍晚月亮升起，冷冽月光照著救生艇。我知道古人之所以崇敬月亮，是因為他們無法解釋月亮的由來。然而，我當時並未多想，只是對著月亮祈求大家能平安獲救。我花了一點時間想著一個問題：是否是在滿月時許的願才能實現，而像今晚這樣的新月之夜所許下的願望則不會成真？之後我還為亨利祈禱，但心裡充滿歉疚，因為，我很久沒有想起他了。

我幾乎可以確定瑪莉．安那時仍坐在我身邊，就在欄杆旁，但我當時並未特別留意此事，因此無法肯定。總之，當隔天旭日升起時，她已坐回原本的位子，旁邊是坐在我本來位子上的普利斯頓先生。他們都已清醒，似乎正交談，後來瑪莉．安瞥到我在看她，便岔開話題。我還記得昨晚她才執意要坐到船邊，堅持要我陪她。這使我轉變了先前的看法，開始懷疑這整件事與我跟漢娜無關，而是她想找機會跟普利斯頓先生私下談話。只是，我覺得我的想像力正離我而去。救生艇上的大家開始騷動，接下來幾天發生了一連串的事，而瑪莉．安那些無關緊要的小事全都被我拋到腦後。

# 第十三日

飛鳥從天而降的隔日，一艘救生艇出現在眼前。我們不知道它是先前兩艘的其中之一，還是全然陌生的另外一艘，但是哈戴先生似乎肯定它是先前的兩艘之一。霍夫曼先生負責觀察東北方向九十度角的範圍，是最先發現那一艘救生艇的人，但它隨即消失無蹤，大家只能聽著他的說詞，無法求證。後來，那艘小艇卻再度出現。時至今日，大家已把這類消息當成幻覺，並未立刻騷動起來。當然，我們對這種事仍抱一絲希望，卻不太能夠相信。

船上的破洞仍是一大隱憂，儘管大家都沒有明說，其實都害怕暴風雨再度來襲時，可能還得被迫減輕船上的重量。

「哈戴先生，那個洞難道補不了嗎？」太陽才剛升起，格蘭特女士便急著詢問。「你一定可以想出個辦法！」

然而，即使他盡力以毯子塞住破洞，仍無法完全阻止海水流入。「這不是一個單純的圓形破洞。」哈戴先生說，「妳可以自己來過來看看木頭破裂成什麼德行。」

但格蘭特女士仍反覆講著：「你一定可以想出辦法的，畢竟你經驗老道又厲害。」

最後，他終於失去耐心，朝她大吼：「那妳自己來修！這個爛攤子由妳來搞定！」

我很驚訝哈戴先生竟然這麼輕易地被激怒，尤其是大家昨天才飽餐一頓。遮雨帆布上還擺著正在風乾的鳥肉，可以當早餐。我試著以眼神問漢娜，但她顯然陷入沉思，對周遭事物渾然不覺，直到格蘭特女士叫她把兩條鳥肉遞給大家，她才終於回神。水桶幾乎都由哈戴先生保管，但他向霍夫曼先生抱怨幾聲後，霍夫曼先生便接下以錫杯分水給每個人的任務。大家口乾舌燥，幾乎無法嚥下鳥肉，我不禁懷疑是否有必要大費周章把鳥肉風乾。我看著伊莎貝爾把鳥肉沾著海水來吃，因而明白，雖然沾過海水的鳥肉比較容易咀嚼與吞嚥，但海水的鹽分卻會消耗體內的寶貴水分，使人更為口渴。

大浪一道又一道襲來的律動，令人昏昏欲睡。船隻上下的起伏如同時鐘一般規律，大多時候，我們只是安靜且懶散，只有負責舀水的人仍在動，努力地把積水倒回海中。我們已身心俱疲，加上船身規律搖動，大家都陷入恍惚與昏沉的狀態。忽然間，宛若奇蹟出現般，兩艘救生艇同時由兩道巨浪分別舉起。那艘救生艇的剪影映在空中，離我們大概四百公尺遠，隨後我們落回了幽綠的海面。

這一次，許多人都看到那艘救生艇了。

「快拿槳啊！」馬許上校的叫喊聲喚醒了目瞪口呆的大家。「準備划船！」

原本大家敢於確定的事已日漸減少，而不抱期待的事則日益增多，但是現在，大家開始接受眼前的事實，變得激動不已。自從那場暴風雨之後，船槳便堆在欄杆旁，幾乎無人使用，此刻大家則紛紛把它們拿起來，敲撞出乒乒乓乓的聲響。然而，哈戴先生卻站了起來，像十字架上的耶穌般伸長雙臂，發出警告：「那是布雷克的船！絕對是！快往後划！」

「就算是撒旦的船我也不怕！」馬許上校說。「準備划船！」

這時漢娜起身走向船尾，身體壓低，不斷扶著左右兩邊以保持平衡。之前的暴風雨害我們損失一個水桶，現在船上只剩兩個。哈戴先生留意著其他方向，並未察覺她的行動，直到她伸手碰到兩個水桶的其中一個，哈戴先生才警覺過來。

「該死的！快回去位子上！」哈戴先生大吼，但為時已晚，無法阻止她掀開蓋子。他立刻衝向她，大喊：「妳會害死我們！」只是漢娜已將手伸進水桶裡，拿出一個以繩子緊緊綁住的木盒。

「看起來你天不怕地不怕，就只害怕布雷克。」她大聲說。「這就是原因嗎？」她似乎清楚知道水桶裡有那個木盒，可見格蘭特女士在打開水桶查看後便將消息傳了出去。

「放回去。」哈戴先生說。「妳根本不知道自己在做什麼！」

但漢娜忙著解開綁著木盒的繩子。剎那間，大家似乎忘了另外那艘救生艇。一波波巨浪不斷搖晃著船身，我們的一切努力顯得渺小，與大自然的力量相比根本無足輕重。那艘救生艇正在某道巨浪之後，不見蹤影，很容易使人相信那艘船根本不在那邊。

「用他的刀子。」格蘭特女士大喊。「哈戴先生，」她命令說，「把刀子交出來。」

哈戴先生環視大家。他臉頰消瘦，眼珠突出，伸手從腰際的刀鞘裡掏出刀子，卻沒有把它交給漢娜，也沒有自己動手割開繩子，只是舉起刀，語帶威脅地說：「好吧，看來用講的妳們也不會聽。把盒子給我拿過來。」

格蘭特女士還來不及拒絕，一道大浪便打了過來，船身往上騰起。就在船身正要往下陡然摔落之際，另一艘救生艇赫然出現在浪頭上，就在我們的上方。「快拿船槳！」哈戴先生大喊，這時兩艘救生艇近在咫尺。下一瞬間，哈戴先生跟漢娜撞倒在一起，也不知是哈戴先生故意，或是純屬意外，那把刀子竟然深深劃過漢娜的臉頰。她痛得大叫，鬆開盒子，跌進哈戴先生的懷裡，而他勉強抓住了她。刀子順勢掉進海裡，依然不知是故意還是意外。之後，再也無人見到那個木盒，想必那盒子應是跟刀子一起掉進海裡了，至於漢娜和哈戴先生沒有因此落海，算是不幸中的大幸。哈戴先生向大家保證，他無法救漢娜的同時又抓住盒子。也許他說的是實話，但大家都認定他本領高強，一定是故意把盒子掉進海裡，讓裡面的祕密或物證永遠消失。

哈戴先生推開漢娜，使她往後摔。哈戴先生搶下霍夫曼先生手中的船槳，猛力划水，全然不顧手臂的傷勢，只想拉開兩艘救生艇的距離。「你們還覺得要跟他們合作嗎？」哈戴先生大吼。這當然不是疑問句，而是反問句。「你們還認為我們可以跟他們一起悠哉地航海嗎？」

我依稀記得那艘救生艇上頭乘客的模樣。他們多半頹然癱倒，一動也不動，不知道是因傷病而奄奄一息，還是早已斷氣。只有四、五個人明顯還活著，他們發覺兩艘救生艇即將相撞，嚇得目瞪口呆。一位女子朝我們伸出雙臂，另一位男子高聲大喊，只是根本無法聽到他在喊些什麼。我們倒清楚察看到，那艘船上有很多空位。

哈戴先生搶走霍夫曼先生的船槳時，普利斯頓先生移到我的身旁，藉以讓船身保持平衡。現在他湊到我身邊低聲說：「那盒子裡的東西一定很貴重。」

「每個人都很珍惜自己的私人物品。」我說。「在這艘救生艇上尤其是如此，畢竟我們幾乎都失去了一切。」

「可是我們有這樣鬼鬼祟祟嗎？我認為哈戴先生應該把箱子裡裝著什麼好好告訴大家。也許等大家冷靜下來以後，應該要有人要求他說清楚，別這樣瞞著不講。」

「現在不是提這件事的時候！」我說。隨後又說：「而且他跟三教九流的人相處過，所以會很難信任別人。」

「沒錯。沒錯。」普利斯頓先生說。我再度感覺到他欲言又止，似乎他對那個盒子的事略知一二。

我們稍微遠離那艘救生艇後，哈戴先生要求大家放下船槳。「你們要跟她，還是跟我？」他說，同時用沒受傷的手指著格蘭特女士。「你們要由她來帶領，還是跟著我，兩者只能選一個。你們最好現在就做出決定。」他說那個盒子歸他所有，裡面裝什麼東西與大家無關。他說完這句話，就此閉口不語。我記得前一場暴風雨來襲時，他把那個盒子藏進外套裡。若真是如此，他真的是盡力隱藏那盒子。不過，我並未把此事告訴任何人。

格蘭特女士環顧整艘救生艇，想給大家坦然直言的機會，好一吐為快。她自己率先發言表示，她認為哈戴先生濫用權力，為了他個人與布雷克的私怨便叫大家遠離那艘救生艇。（可是，我們先前並未握機會讓一部分人換到那艘船，因此很難說哈戴先生的做法是否會害人喪命。）接著她說哈戴先生提出的抽籤決定，至少害死了三條人命。最後她叫大家各抒己見，不要只有她一個人講得口沫橫飛。馬許上校站起來說，哈戴先生在最初幾天不准大家划近第三艘救生艇，這種做法確實害大家陷入危險，而且哈戴先生行為失當，判斷失準，已讓大家失去信心，難以再聽從他的號令。

「今天這種大風大浪的日子也許不適合靠近那艘救生艇，但先前風平浪靜的時候，我們應該試一試才對。」馬許上校還說：「如果我們先前有伸出援手，那艘船上的人就不會像剛才看到的那麼慘了。」

只有霍夫曼先生替哈戴先生說話，指出我們這艘船只損失了八個人。船上還有三十一人，大家都還算健康，只有芙蕾斯特女士狀況不佳——今天稍晚的時候，她斷氣了，但幾乎無人發覺。雖然不確定那艘救生艇是由布雷克先生還是是由大鬍子先生所帶領，但有件事顯而易見——跟我們相比，那艘船上的人已筋疲力盡且奄奄一息。我們知道其中一艘救生艇最初是超載的，如果剛才差點撞上的船就是那艘的話，可以確定的是在那艘船上比較容易喪命，死亡機率遠高過我們這艘。霍夫曼先生堅稱這都要歸功於哈戴先生非凡的本事，所以我們才得以保住性命。尼爾森先生坐在旁邊不發一語，既未贊同，也不反對。

哈戴先生吼說不管剛才是哪艘救生艇，總之上面有很多空位。「如果你們有人想要換船，我能保證辦到。」他說。然而格蘭特女士卻說，如果要換船的話，就把哈戴先生換過去。這時哈戴先生的臉整個皺了起來，嚇得我縮在普利斯頓身邊，難以想像哈戴先生心裡正交織著何種情緒。無論如何，那艘救生艇已不見蹤影，就算真有辦法讓哈戴先生換過去，也不是現在。

麗榭特開口說出一個傳言。自從第三天大家得知布雷克先生把兩個人丟入大海後，這個傳言便四處流傳，我聽過它幾次，每一次都多出一些細節，這些添加的描述也許出自目擊者目睹的事實，也可能純屬我們日漸天馬行空的想像力。麗榭特單刀直入地說，布雷克先生那艘救生艇的漂動方式十分古怪，原因在於救生艇上藏著某種沉重物品——他從亞歷山德拉皇后號那間上鎖房間偷來的重物。

葛莉塔完全信服漢娜與格蘭特女士的說法，因此對哈戴先生懷有莫名的反感，她說哈戴先生跟布雷克先生私下勾結，為了某種利益而要求大家避開布雷克先生的救生艇。

「妳有什麼證據？」我在自己意識到之前便脫口大喊。

但馬許上校打斷我話：「如果這是不實的指控，哈戴先生自己會開口反駁。」

格蘭特女士接著說：「葛莉塔跟大家一樣有權發言。」隨後她轉頭質問哈戴先生：「你要為自己辯解嗎？」

哈戴先生回答：「假設布雷克跟我真的偷了什麼——那個我們若沒偷也會沉到海中、永遠埋在爛泥裡的東西。那麼我想說的是：你們這些有錢人哪裡知道一無所有的感受？貧窮本身就是船難！你們一直過著飯來張口的日子，當然可以輕鬆地遵守什麼狗屁道德。假設我們沒偷任何東西，那麼我只想要說：我還真希望我們偷了。」

「我們不只認為你涉及偷竊行為，無論你偷的是那個木盒，還是現在藏在另一艘救生艇上的某個重要物品。」格蘭特女士說，「關於你不准我們靠近那艘船，因此降低我們獲救的機率，這件事你怎麼解釋？」

「我的做法怎麼會降低獲救機率？我不指望妳有在聽霍夫曼的話，但那艘船的狀況完全證明他說得沒錯。」

輪到瑪莉．安發言時，她搖頭表示自己沒什麼好說，卻湊到我耳邊低聲說：「我實在忍不住想起芙萊明女士說過的話。她說妳丈夫付錢叫哈戴先生讓妳搭上這艘救生艇。也許那個木盒裝的就是妳丈夫給他的貴重物品。或許哈戴先生根本沒有偷東西，只是從妳丈夫手裡拿到什麼好東西罷了。妳對那個盒子有印象嗎？妳仔細看過那個盒子嗎？如果妳知道什麼的話，一定要告訴大家啊！」

我回答她說，芙萊明女士是根本是胡言亂語，我丈夫才不會隨便給哈戴先生什麼貴重之物，況且在沉船之際，只有嗜財如命的瘋子還會貪財。

「可是在妳上來之前，他們已經開始把這艘救生艇往下降了。」瑪莉．安說。「他們是為了妳才停止，這件事我很清楚。而且哈戴先生也是在那個時候上船的。妳丈夫可能真的給了他什麼東西，只是妳沒注意到而已。」

「瑪莉．安，我很驚訝妳能把那件事記得這麼清楚。首先，我當時很驚慌，只知道最後我坐上了這艘救生艇。我為此真的感到慶幸，但完全不記得這一切到底是怎麼發生的。」

# 夜晚

那晚我徹夜未眠。如果我曾睡著的話，應該會在意識與無意識之間漂蕩，跟清醒時相比，各種想法與動作會更模糊不定，難以捉摸。我認為大家都很怕自己在睡著時被丟進海裡，因此只要發覺自己即將睡著，便會突然抽動，或者驚呼大叫。普利斯頓先生已回到欄杆旁的老位子，但跟我依然離得很近，他驚醒時拳頭打到了我的身上，還大喊：「我能解釋一切！」另一次他喃喃地說：「那才不是我的盒子！我只是一個會計人員，怎會去搞什麼珠寶？」

我探過去把他搖醒，免得他在半夢半醒之間弄傷自己。「普利斯頓先生！」我大喊，「冷靜一點！」但我自己的腦袋也恍恍惚惚。前一秒我覺得自己正跟米蘭達站在老家前面，發誓要奪回那幢房子；下一秒我卻抓住亨利的手，感覺他在駭浪裡漸漸往下沉。好幾個鐘頭裡，我努力坐直身子，卻突然感覺自己往下摔，不是摔在救生艇積水的船底，而是從亞歷山德拉皇后號的甲板摔下去，掉進漂浮著屍體與殘骸的汪洋大海。一個男孩抬頭看著我，向我伸出雙手，但當我向他伸出援手之際，他的雙眼卻燒著通紅火光，發出既像小孩、又像惡魔的詭異笑聲。

原本只是潛伏的緊張局勢已浮上檯面，所以我們才如此焦慮不安。格蘭特女士在白天說出了許多人的想法：哈戴先生不再適合帶領大家；他基於私人理由做出許多決定，卻不願向大家開誠布公；要不是他的緣故，有些無辜的人也許不必平白送死。

格蘭特女士認為哈戴先生的行為都是出自個人的原因。姑且不論她的懷疑是否正確，只是一旦提了出來，大家便禁不住議論紛紛。無論真相為何，大家都陷入前所未有的危險處境，不只對大自然的力量萬分恐懼，還對船上的其他人提心吊膽。

夜幕籠罩。雲朵遮蔽月光，夜色變得更暗，完全無法看見到底是誰在移動，是誰在說話。我懷疑格蘭特女士交代一些人盡量坐在哈戴先生附近，負責輪流監視他。黎明破曉前，他身旁某位女性發出一聲尖叫，聽得人毛骨悚然，我不禁認為她即將遭人殺害。沒多久後，我聽到窸窣聲響，感覺救生艇的重心改變了，接著聽到格蘭特女士溫柔地告訴那位女子，她只是做了一場惡夢罷了。終於，太陽灑落幾道黯淡的晨曦，但救生艇上的一切依然模糊難辨。我們徹夜期望黎明能消除昨天的紛擾，但這個盼望已然破滅。

# 第十四日

天色全亮時，格蘭特女士要求大家投票決定哈戴先生是否應該跳海。大家聽完後，顯得異常鎮定。大家會如此平靜應該是因為格蘭特女士已博得眾人的信任，也可能只是因為這天風平浪靜且天色灰暗。只有安雅．羅勃森嚇了一跳，彷彿現在才發覺身邊出了什麼事情。「另一艘救生艇呢？」她邊問邊確定自己摀住了兒子的耳朵。「如果妳不希望他待在這艘船上，難道不能讓他換到那艘船嗎？」

當我回想時，我認為安雅．羅勃森是想提出中立的解決之道，但當時她的提議卻顯得不切實際、異想天開。首先，另一艘救生艇已不見蹤影；另外，我認為大家早已認定這艘救生艇與世隔絕，不再奢望能從外界得到援助。格蘭特女士客氣地回答了羅勃森的問題，我記得她當時的語氣，但不記得實際字句。「投票結果是贊成的話，就代表哈戴先生必須要死。」漢娜補充說明。這場投票的目的已無庸置疑。然而，瑪莉．安瞪大雙眼問我：「什麼？她在說什麼？」

我對瑪莉．安越來越不耐煩。她似乎認為，就算她情緒不穩，時常胡言亂語，大家仍會好好地照顧她。儘管她優柔寡斷的膽小個性使我更有自信，但我不認為她給了我什麼幫助，反而都是我在付出。如果事態已到這種地步，我不想讓她繼續逃避現實。我不像漢娜會以比喻的方式向她說明，設法使她接受，這不是我的風格。我發覺她的問題是多麼的愚蠢無知，卻滿心期待我或漢娜會知道答案，然後她專注地聽著我的回答。有時，她在引起我的注意之後，卻沒有再說什麼，或者，她會希望得到一個答案，即使她連問題都沒提出。其實我跟她一樣，渴望能有個靠山。在某些日子裡，要不是有她露出這副模樣，我恐怕會忍不住做出相同的幼稚舉動。

如果哈戴先生說：「風勢轉成往東方吹。」她會問：「東方？他是說東方嗎？」我有時會回答：「沒錯。」或者視情況回答：「不是。」但通常我會據實以告。她還會問：「那是什麼意思？」或者問：「東方在哪邊？」

雖然我只略知一二，但仍會向她解釋眼前的艱困處境：「意思是說我們正被吹往英國。」最初幾天，當大家竭盡所能地想待在原處時，我這樣對她說過。「往好處來看，」我補充說，「如果我們被吹得夠遠，妳就可以買一件全新的結婚禮服了。」

至於漢娜則是說：「這就像邋鞦韆一樣，瑪莉．安。沒多久風向一定又會轉向西方。」

如今我們面臨一項艱難抉擇，必須決定哈戴先生是否有罪，該不該受到懲罰，但我卻表現得像是問題出在瑪莉．安身上。「喔，別鬧了。」我說，「瑪莉．安，妳不能假裝大家只是在浴池裡玩耍。就算妳不喜歡這個投票表決，我也沒辦法。雖然事實很難接受，但哈戴先生已變成了危險人物。他已經失去威信，無法妥善做出判斷。要不就讓他跳海，要不就大家一起完蛋，事情就是這麼簡單。」

我說得斬釘截鐵，心裡卻懷疑自己的話是否屬實。當時的我真的不敢肯定，即使是現在，我也沒有比較確定。那天早上我望著哈戴先生，發覺他在開始幾天所展現的萬能形象已蕩然無存。即使他仍是像神一般的存在，也已化為普通人的模樣，而大家都知道神在淪落後會有何下場。也許是他變了，也許是大家變了，或者只是整個情勢如今已改變。然而，不管哈戴先生是否改變，格蘭特女士倒是從最初便顯得堅忍可靠，無所不能，這些特質也隨著時間過去而更為鮮明。除了他們兩人之外，我也想知道多數人的想法。我一面隨口敷衍著瑪莉．安，一面環顧四周的每一張臉，在心底推敲著他們的想法。

當時的我預先知道投票的順序嗎？投票之際，瑪莉．安比我先被點名。對一個現在坐在桌前回顧的人來說，投票順序其實相當好猜——無論是輪流負責任務，還是遞送飲水，都是從哈戴先生坐在船尾的位置開始，以順時鐘方向一個接著一個進行。因此，推測格蘭特女士會採取類似的方式也是理所當然——先要求坐我右邊的瑪莉．安投票，接著才輪到我。只不過，原先負責安排順序的是哈戴先生，如今卻換成格蘭特女士，我們當然也沒有確切的理由認為她會採取同樣的方式，但畢竟這種順序已成為一種習慣。當時的我虛弱不堪，不見得有能力仔細思考，但如果當時能多想幾遍的話，應該會認定格蘭特女士打算盡量遵照慣例，好讓大家認為這只是另一件在救生艇上該做的尋常決定。

總而言之，瑪莉．安比我先投票。在她投票之前，我又向她說了一些話：「別只想著妳自己。替妳的羅伯特想一想吧。替大家想一想吧。如果一定要想到自己，就想像妳受困在漆黑的水裡，為了延長一、兩分鐘的生命而奮力掙扎。妳會掙扎不是因為這樣做有任何意義，而是因為每個動物生來就想逃避死亡。」

瑪莉．安遮住她的臉，難過地喃喃說道：「我才不是動物。」接著她舉手點頭，投下贊同票。

輪到我了。瑪莉．安依然用雙手摀著臉。糾纏的髮絲披垂在額頭前方。贊成票早已足夠，投票結果已成定局，因此當格蘭特女士與漢娜把視線移向我時，我低聲說：「我棄權，妳們不差我這一票。妳們想怎麼做就怎麼做吧。」

哈戴先生坐在位子上，我不確定他能否聽到我剛才所說的話，但我搖了搖頭，希望他會認為我投下了反對票。我仍覺得自己對這位帶領大家的男人負有某種責任，對所有人類，當然，也對上帝擔負著某種義務。我一直認為上帝是男性，如今卻想像他化為液態，變化莫測，起起伏伏。祂一方面威脅要淹死我們，另一方面留下我們的性命，害得我們忐忑不安，飽受更多威脅。

漢娜輕輕發出不滿的聲音。她臉頰消瘦，宛若骷髏，留著一道長長的血紅傷疤。當時我聽不到她說了些什麼，但直到今日，她的嘴唇依然歷歷在目。她的嘴唇破裂流血，像是下巴上方的另一道傷痕。「懦夫。」她似乎這麼說，但格蘭特女士碰了她一下，要她保持冷靜，接著格蘭特女士轉頭以深沉的眼神看了我一眼，我油然感到安心，因為我也有些著迷於她的魅力。格蘭特女士天生有一種本領，可以讓人覺得被了解。她對其他女性的影響比對我的還更深刻。她們會與她對視，眼帶敬意；其中幾位甚至因此大膽起來，敢於以無畏的眼神看著哈戴先生。

那幾位義大利女子也舉手哀嘆，只是，大家都不知道她們是否了解投票的意義。連同她們在內，所有女性皆毫不遲疑地投票贊成要哈戴先生自盡的提議，只有我跟安雅例外，至於男性則統統投下反對票。我至今仍不知道，若是她們硬逼我做出決定，我會投贊成還是反對票。我偷瞄哈戴先生一眼；他正以恐怖的眼神直盯著我。那一瞬間，我想把他們全送進地獄，無論男女，這些卑鄙的人渣都該下地獄。

我說過很多次，當時大家已虛弱不堪。後來的事我記得很不清楚，但當時我確實身在現場。法庭上的人完全無法理解我們的處境，但這也是情有可原的，不是嗎？我認為他們唯一的錯誤在於——他們自認理解一切，但事實上根本毫不了解。當時我的視線非常模糊，前後影像互相交疊，眼前潑濺著大紅大黃的光點，一張張臉孔與一個個身影像水花般糊成一片，襯著海面上微微閃爍的陽光。「表決通過。」格蘭特女士宣布。那些義大利女子看起來焦急且滿臉企盼，彷彿大家能就此得救。瑪莉・安在我身旁一陣又一陣地啜泣，我不禁心生厭惡。「別哭了！」我大聲說。「哭有什麼用？難道妳覺得風聲還不夠吵嗎？」然而下一秒，一股走投無路的絕望湧現心頭，像是一道碧綠的海浪無情地襲來，我不自主地伸出雙臂擁抱她，兩人緊貼在一起。她凌亂的金髮貼著我的雙頰；我散亂的棕髮也貼著她的臉。

根據投票結果，哈戴先生必須犧牲。現在的問題則是如何把他趕出這艘船。他像瘋狗般蹲伏在船尾，露出滿嘴的黃牙，放聲大吼：「放馬過來啊！放馬過來啊！」如果這時才舉行投票，我很可能會拉高音量大喊：「快殺了這個齷齪的瘋子！」

哈戴先生已打開其中一個水桶的蓋子，把水桶像盾牌般舉在身體前方。漢娜爬過去跟他展開拉扯，她想拉開那個水桶卻力不從心。哈戴先生把水桶往前揮，試圖攻擊她，但他手臂有傷，身體虛弱無力，整個人往後摔在欄杆上。

「葛瑞絲！瑪莉．安！」格蘭特女士說，「快去幫漢娜啊！」直到今天，我仍然不明白她為何會選我，但她以一貫的讚賞眼神望著我，溫柔地叫著我的名字，彷彿認定我對她忠心耿耿——我這個唯一放棄投票的人。現在回想，格蘭特女士想以這個命令使我捲入其中，讓我以實際行動投下贊成票。格蘭特女士有著圓臉與紫色雙眸，一直凝視著我們，彷彿從眼珠射出幾道紫光。我走向漢娜，踏過船底的積水。因為骨髓可以做為食物，船底仍擺著許多鳥的骨頭，此外還散布著一片片羽毛，殘留著正在腐敗的零星碎肉。我閉上眼睛，試著理清思緒。現在沒有瑪莉．安靠在身邊，我感到寒冷徹骨。

哈戴先生正在大喊：「哈哈，放馬過來啊！我會給妳們一點顏色瞧瞧！」

漢娜說：「他瘋了！他會殺光大家！我們必須自救！快抓住他啊！」

我睜開雙眼，一面想保持平衡避免摔倒，一面想擺脫恐懼。回想當時，如果哈戴先生盯著我看，或是喊出我的名字，或是表現出一絲認得我的模樣，我應該會選擇坐在葛莉塔旁邊，不再向他逼近。然而，盯著我看的是漢娜，喊出我名字的是格蘭特。她在叫了我的名字之後，還以輕柔的語氣鼓勵我。船身左搖右晃，我一邊低著身子前進，一邊扶著大家的肩膀防止跌倒，身後傳來那些義大利女子的哭喊尖叫聲。我扶著馬許上校，穩住身體。他正縮在位子上，彷彿不願引起注意。某個又大又黑的影子出現在我的視網膜上。我認定那是死神的身影，卻完全不知道死神看上了誰。就在哈戴先生攻向漢娜之際，死神終於現形，化身為其中一位義大利女子。她揮舞著鳥屍的一片翅膀，跌跌撞撞往前衝，想將那片翅膀刺進哈戴先生的眼睛裡。我想，當時我會大聲喊出哈戴先生的名字，應該是希望他能以最後的機會證明自己並未發瘋。但是，他只是瞪著我，那雙眼睛如同石塊，而他已陷入胡言亂語的狀態。

格蘭特女士突然出現在我身旁，她可靠的身影使我從心底升起幾分力量。那個瞬間延長了，時間也靜止了，我看見大海宛若金屬的表面，映著黯淡的寒光。海面彷彿結成一片冰，任何人摔上去之後，都可站起來拍拍屁股，邁步離去，樂得逃脫這艘救生艇，遠離上面可憎的人性。在那個時候，其他人在做什麼我一無所知，彷彿世界只由我主宰一切。當時的我自以為握有任何力量，其實，純粹是出於自大的心理，但在那個當下，我只覺得自己代表善良的一方。我甚至覺得聽到格蘭特女士輕聲對我說：「妳做得很好！」但我並不確定。我只記得接下來的好幾秒鐘似乎是靜止的，我孤立無援地站在船上，面對著哈戴先生，發覺他身上已不存有一絲人性。

接下來齒輪復工，時間再度流動。現在的我已不記起來當時在想什麼，也許那時我的腦袋根本一片空白。我只記得，大家面臨的危險集結為一個龐大身影，極端駭人，我要考慮的似乎不是哈戴先生的生死，而是怎麼讓其他人活下去。漢娜的眼神空洞，披頭散髮，臉孔使人毛骨悚然，完全面無血色，只橫過一道鮮血淋漓的刀疤。漢娜跟格蘭特女士分別抓住哈戴先生的一條手臂，漢娜大喊：「葛瑞絲，快抓住這個混帳的脖子啊！」

我照做了。我以雙手扣住哈戴先生細瘦的脖子。他的脖子又冰又冷，枯瘦乾硬，宛若骸骨。在我用力扣緊之前，能感覺到他的氣息吐在我的臉上。那股氣味像是證明了他體內潛藏著死亡與腐敗。我使盡全力扣緊他的脖子，感受到他的氣管猛然抽動，顫抖的喉結宛如灰白的心臟。

「用力扣緊啊，葛瑞絲。」格蘭特女士說。她的語氣異常柔和。她不像漢娜那樣冷酷無情，也不像那位義大利女子般歇斯底里——她竟然再度以鳥翅戳刺著哈戴先生的臉。哈戴先生眼露瘋狂，我實在不敢放開他，怕他會回頭將我殺掉。

漢娜就在我的身旁，站得又高又挺，顯得哈戴先生矮了一截。我忽然感到精力充沛，那種感覺至今難忘。船身顛簸起伏，我們卻能站穩身體。我不知道船身會晃是因為洶湧的海浪，還是因為我們正在搏鬥。但是，這兩種原因似乎都源於某種精神力量，只要人類一息尚存，就必須面對這兩股勁力。我跟漢娜一起把哈戴先生往下壓，他恐怖的臉龐與我們近在咫尺，我感覺到他的鬍鬚刮著我的臉頰。腐敗的鳥屍臭氣薰天，我自己也渾身發臭，但我仍能聞到哈戴先生嘴裡吐出的氣味。另外兩位義大利女子仍在後面高聲尖叫。瑪莉．安昏倒在地，有個人低下身子撫摸她的頭髮，親吻她的臉頰。一定是因為我看著這些畫面，才導致我暫時沒有抓牢哈戴先生。直到格蘭特女士驚呼我的名字，我才猛然回神，及時閃避哈戴先生猛然揮來的一拳，沒有被他打落海裡。「快踢他的腳！」漢娜大喊。我跟她的腳同時踢出，彷彿我們是同一個人。哈戴先生往前一倒，壓在我們的肩膀上。他比我想像中虛弱，或者我其實比自以為的更強壯有力。我的體力忽強忽弱，不時會猛然湧起力量，讓我有辦法將手伸進他的外套搜找那個盒子——我認為他仍把盒子藏在外套裡。然而，就像我跟律師發誓的那樣——盒子並不在他的外套裡。下一刻，我們同時往上一抬，就這麼把船上唯一通曉船務與海流的人丟進了汪洋大海。

之後的數分鐘，我們仍看得到他。他在海裡不斷揮舞雙臂，載浮載沉。每當他的頭浮出水面，便吐出滿口的海水，飆出一堆髒話，詛咒著大家。我覺得他是在罵：

「你們會不得好死！」最後，他沉進了波濤洶湧的海裡。我們盯著他消失之處，一道大浪忽然席捲而來。整艘小船被海浪舉高，迎向漸漸昏暗的薄暮蒼天，但我們依然望向大海，急著想知道自己到底做了什麼。我們也許想合理化自己的行為，或者忘卻一切。我們本來可能辦得到。我們本來可以去查看瑪莉．安的狀況，或是和那些義大利女子一起唱著聖歌，或是指著那個方位，閒聊說那邊的天色正變得比較明亮，鑲著金邊的灰雲逐漸湧動（那個方位是東方嗎？現在還是上午嗎？）然而，哈戴先生的頭與雙手忽然地探出海面，離救生艇並不太遠，我們能看到他從嘴巴與黃牙之間吐出海水。若說他早已不像人類，那時的他更化為一隻恐怖怪物，就像那些會出現在古代宗教書籍中嚇唬小孩，警惕他們別做壞事的角色。

終於，謝天謝地，哈戴先生消失了。我們轉身面向彼此，像是擺脫了剛才的事件。格蘭特女士轉換了表情，顯得理智幹練。漢娜開始裝模作樣，表現出亟欲知道另外那艘救生艇下落的樣子。畢竟，我們才剛為了那艘船而害死一個人，應該要表現出對那艘船的關心才對吧？我則不想說話，也不願回想我們剛才的行為。我只是動手撿起船底殘留的鳥屍與骨頭，扔進大海。

還有一件事使我印象深刻。它發生在哈戴先生重新浮出海面之前。我佇立於欄杆旁，想起方才的搏鬥，感覺既欣喜又顫慄。我望著哈戴先生消失的地方，想著他隨時會再度浮出海面。漢娜站在我左邊，離得很近，後來我漸漸發覺格蘭特的堅毅身影就站在右邊。她們像兩根可靠的柱子支持著我。先前兩週，我看著其他女性受到她們這種支持，但我始終無動於衷。我放膽瞥了漢娜一眼，一方面擔心我只是想像她在身旁，只要看一眼她便會消失；另一方面擔心我會看到恐怖駭人的景象。幸好，那道傷疤是在她另一邊的臉頰。她的一頭長髮已整理好，雙眼也不再燃著火焰，只微微漾著寒光。我想她朝我露出一絲微笑，但與其說那是微笑，不如說她只是將兩片嘴唇擠在一起。她的表情似乎代表著讚許與接納。剎那間，我覺得自己像是保家衛國的男子漢，而且才剛解決一個敵人。幾分鐘前，當我接近哈戴先生時，腦子裡一片空白，現在卻變得激動亢奮，這兩種精神狀態簡直是天壤之別。我把注意力放在漢娜身上，但也覺得看到格蘭特女士正在向我點頭致意，只是我仍不明白，自己怎麼能同時看到左右兩邊的景象。我感覺她們將手放在我的肩膀，搭在我的背後。我知道自己即將像船上大多數女性那樣，獲得溫暖的擁抱。直到我擁有了這些，才了解到其他女性期盼從格蘭特女士與漢娜身上得到何種溫暖，而她們兩人又能給予她們何種撫慰。她們的手貼得更緊了，我突然大為放鬆，甚至無法站穩，同時卻變得有些害怕。就在此時，哈戴先生再度浮出水面，猛然地嚇了大家一跳。這是我們最後一次看到他。

我們著手整理小船，像是一窩蜂做起家事那般。我們清理四周，賣力舀水，把船槳的架子擺正，綁好船帆上的繩子，盡量妥善擺放每個救生圈。我不知道我們是否還有力氣那樣對付霍夫曼先生，但當我想起他時，他已不見蹤影。我向那些義大利女子比手畫腳，指著船上的男性，表現出計算人數的模樣，但她們只是連聲嘆氣，以恐懼的眼神望著蒼茫大海。普利斯頓先生與馬許上校安靜坐著、神情驚愕，在這起事件之後始終不發一語。尼爾森先生是霍夫曼先生的朋友，他現在看起來則像是誤踩自己所設陷阱的獵人。

大家努力維持著秩序，格蘭特女士則開始檢查救生艇裡的剩餘物資。她表示船上連一滴水也不剩。這時漢娜歡呼一聲，從哈戴先生原先坐的船尾位置後方拉出一塊捲起的防水布。漢娜立刻把它交給格蘭特女士。格蘭特女士攤開帆布，發現裡面藏著許多塊魚乾。她坐在哈戴先生原本的座位上，將其中一塊遞給大家分食，從船尾開始順時鐘往前傳，繞一圈傳回船尾。葛莉塔說：「他竟然偷藏食物！」大家多半認為她說得沒錯，但我懷疑哈戴先生暗藏魚乾究竟是為了一己之私，還是為了讓大家在最需要時可以應急。有幾位女性竟顯得興高采烈，彷彿大家脫離了暴君專政，或是朝獲救之路邁進了一大步。我也感到樂觀，但默不作聲。離天黑還有一大段時間，大家卻再度感到筋疲力盡。

漢娜帶領大家簡短地禱告。少了執事先生，這個禱告不像是基督教的儀式，反而像是在安撫大海，而我們才剛向大海獻出活生生的祭品。隔日破曉之際，風平浪靜、萬里無雲，大家用防水布堵住船上的破洞，終於能夠把船裡的積水幾乎清光。

# 第四部

# 監獄

此時此刻，我坐在牢房的床上，三面慘灰的牆包圍著我。另外一面是鐵欄杆，欄杆外是走道。對面牢房關著一位名叫芙蘿倫絲的女子，她的丈夫會毆打小孩，她不希望孩子跟這種冷血父親住在一起，於是動手悶死了自己的幾個孩子。

「妳為什麼不讓小孩跟妳一起住，這樣事情不就解決了嗎？」有一天我這麼問她，試著跟她聊天。

「他們原本是跟我一起住，但我哪來的錢養他們？」芙蘿倫絲顯得十分憤怒，「法官很想把監護權判給我，但完全不打算讓我分到我丈夫的錢。『法律就是這樣寫的。』那名法官很有威嚴地說。『那你覺得法律是由誰寫出來的呢？』我反問他，但他拿法槌敲了一下桌面，問我到底想不想要扶養小孩。」她火冒三丈且毫無悔意。

我問她生的是兒子還是女兒，她聽完便發出讓人驚悚的笑聲，顫抖著說：「當然都是女兒！我沒那個命，生不出兒子！」

後來每當我主動與她說話，她都問我：「那妳覺得法律是誰寫出來的？」因此，我漸漸地不再找她說話。即使她站在鐵欄杆後方，雙眼緊盯著我，我仍然不理她。我的精神狀況已不甚理想，不願聽她重複詢問一樣的問題，免得讓我的狀況雪上加霜。

芙蘿倫絲還讓我擔心起另一件事。聽她提起金錢後，我想到如果法官判我無罪開釋，我就必須面臨一些現實的問題。一星期前，我的律師們把亨利母親寫的一封信交給我，我讀完後雖感到一線希望，卻又擔心勝訴之後不知會面臨何種對待。此外，她並未說明為何這麼晚才與我聯絡。我只能猜測她是希望我能有自己與亨利已經成婚的證明。我再度想起亨利說他已發出電報通知他的母親。法庭上的物證指出，在亞歷山德拉皇后號遭遇船難之際，無線電通訊設備已故障失靈，但我無從確認亨利發送電報時設備是否正常運作。我還得知操作無線電設備的不是船員，而是馬可尼電報公司派來的人員，因此我認為輪船爆炸時布雷克並未發出求救信號。但我並未多想此事。在我腦海的是，如果那時亨利並未發出電報，他的母親就會在報紙上讀到生還者名單時，才初次知曉兒子已婚之事。我沒有多想自身處境，只是笑著想像她讀到報紙時，那張冷峻高傲的臉是露出何種驚嚇的表情。

那封信幾乎沒有透露她的想法，只提到律師也許會安排我跟她會面。我請萊希曼先生轉告她，只要我仍遭起訴，便不願麻煩她，因為我不希望牽連到她跟整個家庭蒙上陰影。我必須承認，我之所以不太願意見到她，或多或少也是基於自身的考量。我不想向亨利的家人卑躬屈膝，也不希望他們認為我應該心懷愧疚。我雖然問心無愧，但依然希望在完全洗刷罪嫌之後，才跟亨利的母親進行第一次的會面。如果確實是她出錢讓我打官司（我認為一定是她），我會很感激她，但我不希望彼此的關係只建立於感激之情。至於我自己的家人，好像只有米蘭達知道我現在的狀況。她寫信告訴我，由於母親精神耗弱，她根本不敢把我的事告知母親。我遲早會回信給她，但目前我覺得不跟家人聯繫反而比較輕鬆。

今天萊希曼先生過來看我。我已把救生艇上的大小事件寫在幾本筆記本裡，把它們都交給他。他向我道謝，並給我一本空白的新筆記本，還有一罐新墨水。我又驚又喜，因為我很喜歡坐著回憶那些往事——亞里斯多德會用「回憶」這個字詞。許多事情我大多忘了，但只要能想起一件事，就能進而再想起另一件事。截至目前為止，我已回想起許多事件，遠比當初聽到萊希曼先生提出這個要求時，我所預期的更多。他把新筆記本從桌上遞到我這邊時，碰到了我的手，他嚇了一跳，立即將手縮了回去，並連忙說明今後在法庭上會遇到哪些狀況，藉以轉移注意力。

「正義不見得很快能得到伸張。」他說。

我則回答：「正義不見得真的存在。」

我的語氣嚴肅堅定，似乎使他再度吃了一驚。我連忙笑起來，免得顯得太過嚴肅，但他的眉宇之間閃過一抹陰影，充滿自信的臉龐留露出一絲不確定感。監獄女看守員待在這房間遠遠的另一個角落，她聽到我的笑聲後，露出警告的眼神。我跟萊希曼先生見了反而笑得更開心，他也因此恢復原先的自信神情。獄方顯然不希望犯人樂得眉開眼笑，但我忍不住認為監獄相當愚蠢，竟把犯人當成小孩，並加以懲罰、監禁，還試著把我們分為聽話與不聽話兩大類。

當然，我每天都會想起救生艇上的大小事件，並捫心自問：我到底是寧願關在這裡，還是寧可仍困在那艘船上。不過，這並非是柯爾醫生想診斷出的那種縈繞不去的心病，也不是病態的精神症狀。我踏進海藍色的記憶殿堂，就像普通人踏進教堂那般，恭敬虔誠。那間教堂充滿亮光，但光線並非來自十字架上耶穌後方的俗豔玻璃，而是來自海上。它幽綠的黯淡光線，冰冷的宛如撒旦的心臟。

我不知道那些亮光是什麼，那麼我還能寫下這件事嗎？亨利會認為不行，辛克萊先生則會侃侃而談，教我各種關於光線的知識。我請葛洛夫先生（他是萊希曼先生的助手）替我帶來一些關於光的書籍。目前科學家認為可見光位於光譜上的一段連續範圍，還認為光同時具有波動性與粒子性。但是，在了解這些知識之後，是否就有助於描寫那些亮光呢？救生艇上的大家都了解波動是什麼意思。當初海波湧向我們，把救生艇高高舉起，讓我們在剎那間看見遼闊無比的寂寥汪洋，隨後讓我們重重摔落，牆壁般的巨浪從四面八方湧進眼底。

我在寫給葛莉塔．薇珂芃的信裡提到亮光。她這名德國女孩很早就喜歡上格蘭特女士，為了出庭而滯留美國。

她回信：別寫這些東西給我！老實說，律師要我根本別跟妳聯絡，否則我們會像在串供。不過，請麻煩轉告格蘭特女士，請她不要擔心。我們大家都知道該怎麼做！至於亮光那件事，我實在很想忘掉，但也許永遠忘不了。那件事根本就陰魂不散。大家都覺得那是神蹟，但我不禁懷疑那是漢娜召喚出來的。妳有沒有想過，漢娜也許是一名女巫？

我知道她是指是什麼光。在第十六天的夜裡，好幾道詭異之光忽然出現，掃過海面。這件事我永生難忘，就像我也永遠忘不掉，正當大家以為哈戴先生喪生大海之際，他的頭卻忽然再度冒出海面。那些光出現時，大家都驚呆住，感到難以置信，但這件事千真萬確，無庸置疑。我們每個人都確實看到那幾道光，卻不明白背後的意涵，因而起了激烈爭執。

「人死之前就會看到這種光。」瑪莉．安說。

「妳又怎麼知道？」伊莎貝爾問。就是她告訴芙萊明女士，我們這艘救生艇下水時撞到一個小女孩的頭。她把位子換到安雅．羅勃森旁邊。

安雅出聲警告：「別說這些事了！這樣對小孩很不好！」但大家不理會她。

瑪莉．安接著說：「我母親有一次差點淹死。她說當時不像是沉在水裡，而像是沐浴在亮光裡。如果我母親死在這次的船難，我希望她死前確實感覺被光芒包圍。」

「喔，我們又不會淹死。」麥肯女士說，「沒錯吧，麗榭特？」麗榭特明白自己的職責所在，因此立刻同意麥肯女士的說法。

那些光浪像是一灘一灘的水，兀自發亮，在漆黑的夜空，迅速掠過海面，朝東方移動（漢娜是這麼說的）。接下來，不知為何，那些光浪退了回來，從東方往西方移動，迅疾無比。救生艇被照得忽明忽暗。我們之前也曾數次見到奇特驚人的光芒，但這次的亮光顯得格外不可思議。這次的光浪大約出現三十分鐘之久，隨後忽然消失無蹤。

格蘭特女士自始至終都沒發言；漢娜則認為這些光象徵著一種全然的理解。她的說法使我想起執事先生。他認為，不是該由我們來理解世間所有的一切，就像冰山只露出一小部分，人類是無從徹底了解全貌的。他曾對我說過，所謂的信仰是無需要求解釋，因為，任何解釋皆會涉及對萬物的理解，而這個任務應該交給上帝。

只是，執事先生不在了，我們只剩下漢娜。她佇立著，如同一位崇高的修女，朝著光舉起雙手，祈求上蒼保佑。我不願當眾這麼說，但是，當我看到這些光浪的時候，首先想到的是天使正環繞著我們，準備帶我們前往天堂。我認為瑪莉．安說得沒錯，我們的確是命在旦夕。瑪莉．安張口大喊：「這裡！在這裡！」我猜她也認為這些是天使之光。此時，有人說這些光應該來自救難隊的探照燈。「我們有救了！我們得救了！」瑪莉．安不斷重複地大喊以及瘋狂地尖叫著。她為了急著登上那艘在夜色中向我們駛來的救生船，差點跌進海裡。

我對瑪莉・安的歇斯底里感到不耐煩。沒有人勸得了她。她脫去衣服，嚷著要跳進大海，游向那艘幻想中的救難船，卻沒人試圖制止她，就連格蘭特女士也沒有動作。後來，她應該是稍微清醒了，改而躺在潮濕的船底不斷發出恐怖的呻吟，披散的頭髮如同海帶，嘴唇凍得泛藍，臉頰因為發燒而泛紅。她的呻吟聲實在讓人難以忍受，最後是漢娜動手將她打昏。至於其他人則動也不動。我們已身心俱疲，連該做的事都做不了，又怎有辦法理會這種沒意義的狀況？

走廊上有一扇窄小窗戶，開在高聳的牆上。一道金黃色的光線從那扇窗照進我的牢房。窗戶太高，我望不到外面的景色，但我知道那窗戶面朝東方，所以，晴天的早晨會有銀色陽光斜斜照進牢房；陰天照進的則是黯淡的晨光。朝暉是可預期的，這讓我安心。此時此刻，在我的生命中能存有確定的事物，我心生感激。只是，晨曦正在減弱，過不了多久，我將無法辨識紙上的文字。

# 柯爾醫生

柯爾醫生是一名精神科醫師。我的律師聘請他來評估我的精神狀況。我每個星期都會與他會面，但完全不確定這樣的會談要持續到何年何月。他認真地看待這整件事，但我卻不太在意。不過，會面時可以離開牢房，因此，我依然期待每次的見面。柯爾醫生說我們之間的對話會絕對保密，但我不完全相信。我覺得，我們的對談逐漸變成一種遊戲——我開始試著找出他每個問題背後的用意，再決定如何回答。他有時會出現慣有的回應，就像是他想從中聽到他所期待的答案。例如：他喜歡高聲說：「這一定很嚇人吧！」而我自然會表示同意。

數個星期過去後，我開始覺得他讓這場遊戲太過簡單。即使他有張大圓臉還戴著厚重眼鏡，也多少會有跟女子交往的經驗。剛開始，我以為他是故意裝笨，好讓我失去戒心，後來，又覺得他其實不太聰明。某日我終於恍然大悟，原來他是試著想讓我放鬆心情，期待我會忽然洩露口風說出某個小關鍵，他便可藉機解開我整個內心世界。我把這個想法告訴他，還加了一句：「柯爾醫生，我的內心並不是一個上了鎖的堡壘，沒有暗藏寶貴資訊，也沒有陰暗的祕密。如果你採用更傳統的方式，我會盡量誠實回答，也保證你一定可以得到任何想要的答案。」

「妳真是個坦蕩的人！」他高聲說。他似乎覺得我的提議很好，並建議我談談我的雙親。我把家裡的慘況一五一十地娓娓道出，花了些時間詳細說明父親如何一夕破產；母親如何精神錯亂。當我正準備講起姐姐的事，他卻看著手錶說：「很抱歉，時間到了。」只是，他的語氣沒有一絲惋惜，彷彿整件事只是一小段有趣插曲罷了。我好奇他接下來會前往何處，與誰面談，但我立刻停止胡思亂想，因為我想到，激發我的好奇心也是一個圈套。我該做的只有把每件事井井有條地告訴他。

在我們下一次會面時，他單刀直入地說：「所以對妳來說，格蘭特女士就像一位最理想的好母親。」

「我已經結婚了，柯爾醫生，我不需要一位母親。」

「可是妳的母親讓妳很失望。」

「我想她的確是，不過，人生本來就充滿失望，不是嗎？況且，在那個時候，我已能照顧好自己。」

「那麼，你是如何做到的呢？」

我告訴他，我是怎麼透過房屋仲介租到房子，如何把家裡的物品拍賣出去，最後又是怎樣讓亨利與我結婚。

「喔。」柯爾醫生說。我等著他繼續說下去，但他沒再回應。他是否認為，女性會覺得她們在婚後會過得比較好？我永遠無從得知他的想法。他終於再度開口，卻提起別的話題：「談一談妳姐姐吧。」於是我們瞬間轉換了主題。「救生艇上有人使妳想到她嗎？」

對於他試圖把救生艇上的人與我的家人聯想在一起，這種做法讓我覺得很好笑。我認為他現在是想藉由談論無關緊要的米蘭達，好繞著一圈談到哈戴先生，並指出哈戴先生使我想起我的父親。我心裡暗自竊笑這個荒謬的方式，但也沒有理由不陪他繼續玩下去。老實說，我早就覺得米蘭達跟瑪莉．安在許多方面十分相似。當然，瑪莉．安要比米蘭達更加多愁善感，不過，我覺得瑪莉．安相當適合擔任家教。

我說：「如果要指出一個像我姐姐的人，我會選瑪莉．安。她讓我又愛又氣，就像米蘭達一樣。我對米蘭達有比她對自己更多的期許。瑪莉．安會與羅伯特結婚，並不是想成就什麼，她只是想要找個穩定的伴侶，讓自己能夠做個小女人就好。米蘭達也是如此，寧可抓住一些簡單、安穩的小目標，也不願意放手一搏，賭一個更好的未來。」

「那麼，妳是一位賭徒囉？」柯爾醫生問。他的話使我放聲大笑。

我們稍微談了一下瑪莉．安，還說到我認為自己能預料她對許多事物的反應，畢竟她跟米蘭達頗為相似。我想，我知道她是否喜歡小孩，是否喜歡讓小孩坐在她的大腿上，是否喜歡念故事書給他們聽。我還記得她的雙眼微微發亮，神采飛揚地說：「羅伯特跟我打算生幾個小孩……」但她突然意識到這個計畫也許永遠無法實現，聲音不禁越變越小。我當然清楚她是擔心自己會命喪大海，只是我刻意不這麼想，反而想說她在擔心羅伯特不願意等她，或是在這場大災難後不想再跟她白頭偕老。我回答說：「妳一定能當家教。從某方面來說，這樣妳也算是擁有很多孩子。」我說完後，她以古怪的眼神望著我，一顆淚珠滾過她鹹鹹的臉頰。後來她問我跟亨利是不是不想生小孩。我回答說當然想。前提是，我希望自己的孩子能含著金湯匙出生，而非當個窮人家的小孩。

我告訴柯爾醫生，我對瑪莉・安不太友善，但這是她自作自受，況且當時大家身心疲乏，平時可以忍受的煩人事，在當時卻能讓人失去理智。

「妳平時需要忍受什麼煩人的事情？」他問。

我覺得他這個問題就很厭煩。「現在就覺得很煩。」我說，「你再繼續問下去，我就會忍不住告訴你，你讓我想到我的父親。只要他的生意夥伴一直支持他，他就可以繼續賺錢，但是，他最終還是無法再繼續配合那些人的爛詭計。」

我不知道那時說出這句玩笑話有何意義。我會那樣說，有一半是因為我與他之間的對應，感覺就像是一場遊戲，並非能進入我內心深處的管道。然而，我跟柯爾醫生的會談，倒是能讓日子過的很快。每當我結束會面回到牢房，總覺得整個人煥然一新，很高興能跟芙蘿倫絲以外的人說話。那時的她已陷入被害妄想中，認為整個司法體制是個大圈套，目的只是為了陷害她。她會喃喃地說：「妳被關在這裡，我覺得很遺憾，但妳也看到發生了什麼事，是嗎？他們不會停止。你也知道的，他們打從一開始就一直盯著我。」

有一次，她問我是否殺過人，我回答說應該有。大部分時間，我不會理她，但她有時依然把臉貼在鐵欄杆上好幾個小時，喃喃說著孩子或丈夫的事，或是提到審理她案件的法官。有時，她說的事會引起我的興趣。有一次我洗完澡回到牢房，女看守員剛鎖上門，我便依稀聽見芙蘿倫絲提到柯爾醫生。她立刻吸引了我的注意力，但我不知道是否該回話，或該說些什麼。最後我大聲說：「不好意思，妳剛才有說話嗎？」但是，她卻開始說著有人以精神疾病為由展開辯護，最後被送到精神療養院。我遲疑著不知道是否該向她詢問更多細節。若追問下去，我恐怕不能避免提起我不願讓她知道的私事。我甚至感到一陣顫慄，開始懷疑有人刻意安排芙蘿倫絲關在我對面的牢房，藉以向我打探消息並回報給柯爾醫生。我原本以為柯爾醫生完全跟我站在同一陣線，但我發現了他可能也會跟其他囚犯面談。如果跟他會面的是芙蘿倫絲，他便能從她口中得知我的訊息。

我變得膽戰心驚，思索了一個多小時，回想自己是否跟芙蘿倫絲說過任何會導致我被判有罪的事。但真正讓我感到恐慌的是，我認為柯爾醫生可能曾指示芙蘿倫絲在我的腦中植入某些想法，讓我失去防衛，最終在面談時透露了我不想提及之事。這種想法使我徹夜未眠，直冒冷汗，連睡衣都濕透了。在我思考時，同時也明白，這一切可能只是自己在胡思亂想。但是，如果這些真的是我自己的妄想，不就表示我的神智已開始不穩定了嗎？這樣的思緒像是某種迴圈，前一個想法引發下一個，再引起另一個，最終我又回到最初的那一個想法，就這樣一直反覆循環下去。

我靜靜躺著，無法成眠，耳畔傳來監獄裡空洞的回音。我盡量保持理性，但一想到監獄會對人產生和困在救生艇上一樣的影響，心情又變的陰鬱。在此之前，我從不覺得沮喪，只是靜待出獄的那一天。我不認為這場官司會徹底扭轉我的人生，也沒想過我會被判死刑或終生監禁。我跟米蘭達說過，人生就像一場遊戲，也曾樂於跟柯爾醫生你來我往、互開玩笑，如今，我卻驚恐不已。然而，我已從家庭變故與救生艇上學得一個教訓——無須在意午夜忽然冒出的想法。隔天早上，我已差不多恢復鎮定，但還是望著芙蘿倫絲，想像著敗訴之後我會面臨何種下場。我首次認真想著母親的病況，懷疑自己體內是否也潛伏著多愁善感的基因。

此外，我跟柯爾醫生對談時，變得更加小心謹慎，並決定跟他打探有關芙蘿倫絲的事。我稍微提到她的狀況，接著問柯爾醫生，她是原本就精神異常，還是後來才被她的人生處境所逼瘋。

「這位名叫芙蘿倫絲的人是遇到哪種狀況呢？」他問。這句話完全沒有透露出他是否認識她。

「她被關在監獄裡，被控謀殺自己的孩子！」我大聲說。我也許反應過於激動，但這是因為我已向他解釋過這件事，實在不想重頭再說一次。

「也就是說，妳們算是同病相憐。」他說。他半閉著雙眼，像是陷入沉思般，只是在自言自語。我不願在他面前洩漏自己的情緒，但仍氣得舉起雙手。柯爾醫生就是這樣，總能把話題轉回我的身上。

# 法庭

今天我出庭應審，是由波特法官負責審理。我們三人的律師則為了讓我們能無罪釋放而展開辯護。格蘭特女士、漢娜跟我被控一級謀殺，這代表我們不僅殺害了某人，還是蓄意為之。雙方各自交出大量的佐證資料，針對相關指控進行辯證與攻防，法官則根據它們向律師提出問題。我跟漢娜以及格蘭特女士坐在一張長椅上，可以觀看開庭過程，但不得發言。

他們討論到如果有人攀著一塊木板，以免遭滅頂，這時另一個人游了過來，因為害怕自己的木板被此人搶奪，因此他將人猛然推開。在這種情況下，他是否犯下了殺人罪？針對這個問題，雙方一時之間爭論不休。此外，如果游過來的人成功地推開了他，是否視為蓄意殺人謀殺？既然人都有求生本能，木板又只能支撐一個人的重量，這類的行為能否該稱為謀殺？難道活下來的那一位必定要面臨終生監禁嗎？

「當然不必。」萊希曼先生說。「這個例子並未涉及身體上的實際傷害，而且搶輸的那個人可以再去找其他木板。」

「我贊同這個說法。」漢娜的律師說。他瘦骨如柴，面色蒼白，彷彿這輩子從未曬過太陽。

「如果涉及到身體上的實際傷害呢？」格蘭特女士的律師說。他與漢娜的律師截然不同，身型相當健壯，外套的鈕扣簡直快被他撐開。他氣色紅潤，神采飛揚，但太常露出笑容，似乎不適合我們面臨的嚴峻官司。

「可是這起案件並非關於一塊木板，不是嗎？」檢察官介入說。他的年紀太輕以至於人生歷練不夠，加上年輕氣盛而沒發現自己的不足。「一塊木板跟一艘救生艇相差太大，兩者難以相提並論。就木板的例子來說，兩個人都在水裡，面臨迫在眉睫的生死關頭，情況跟待在救生艇上截然不同。你認為搶輸的人可以去找另一塊木板，但被趕下船的人有辦法找到別艘救生艇嗎？我認為沒辦法。」

「事實上，附近確實有另外一艘救生艇。」萊希曼先生說。「在哈戴先生被迫下水前的幾個小時，第十四號救生艇差點與另外一艘救生艇相撞。」

我自己都沒想到這件事，不禁對萊希曼先生跟他的同事心生佩服。他們能夠冷靜地審視全局，不遺漏任何細節。我試著用眼神向他表示感激，卻只對上漢娜律師的目光。她律師的臉不時轉往我的方向，長長的脖子呈現古怪的角度，好像整顆頭是以鉸鏈繫在軀幹上。他似乎對我很感興趣，我忍不住好奇漢娜是怎麼向他描述我的。

「除此之外，」萊希曼先生繼續說，「我們知道至少十艘救生艇成功下水。雖然機會不大，但哈戴先生還是有可能找到別的救生艇。跟剛才的例子相比，這樣的機率並不會比找到另一塊木板來得低？待在法庭裡的我們要怎麼判斷兩者的機率孰高孰低呢？這些疑問可以總結為以下的問題：對於一個置身在超載救生艇上的人而言，為了避免遭到判刑，難道只能任由每個人都喪生海底，或是設法讓每個人都活下來，這兩種選擇嗎？他能否選擇不救任何人，包括放棄他自己？可是，這種消極做法難道不會違反人性與求生本能嗎？」

「我認為會有人擁有崇高、偉大的心靈，願意犧牲自己。」檢察官說，並傲然抬起他的尖下巴。

「他們是否能徵求自願犧牲的人呢？」格蘭特女士的律師提問。

「他們可以詢問，但不能強迫。」檢察官說。「絕不能對他人施壓或脅迫。」法官接著問到，是否只在詢問過程中涉及威嚇。又問及船員對乘客是否肩負著特殊的責任，而大家都認定有這樣的關係存在。

「不過在乘客之間並不存在這樣的責任。」格蘭特女士的律師說。

「乘客對船員也沒有責任。」萊希曼先生補充道。「我一再地提及一個概念，那就是，我們該問的是『某些人會存活嗎？』而不是『某些人會喪命嗎？』如果你認為不採取行動某些人甚至全體都會喪命，你難道不該設法多救一些人嗎？我相信這才是我們該探討的重點。儘管有些人不認同該採取行動，但你們不該怪罪於我的委託人，只因為她以行動反對他們的看法。」

檢察官說：「你的假設是救生艇上的人採取某些行動之後，確實能使一些人獲救。然而，那時的情況比較像是在延長生命，而非立刻使他們得救。誰有辦法預測何時能被解救呢？在做出無可挽回的決定之後，可能還要經過一天或一週才能獲救，但也可能下一個小時就被救起，不是嗎？」

「你忘記暴風雨的事了。」格蘭特女士的律師說。他一副能言善辯的樣子，但準備得似乎不如別人充裕。「那場暴風雨使行動變得急迫，必須立即做出決定。首先，暴風雨肆虐的時候不可能會有船隻前來救援，即使附近有船，也無法在惡劣天候下看見並接近救生艇。此外，暴風雨很可能使這艘過度擁擠的救生艇破損不堪，使船上的人命在旦夕，如同已掉進海裡，跟木板的那個例子差異不大。」

「情況可能如此，也可能不是，但我們現在不是在討論哈戴先生的行動。」檢察官指出他在邏輯上的錯誤。

他出的差錯離譜到連我都清楚察覺。漢娜選擇那位怪脖子先生擔任律師，我始終替她惋惜，但現在我也開始替格蘭特女士感到擔心，因為她的律師竟然忘記一件事——我們殺害哈戴先生的時候，暴風雨早已過去。

檢察官繼續說：「暴風雨來襲之際，哈戴先生仍負責救生艇上的一切。他所安排的抽籤是否正當仍有待討論，但那不是本庭須解決的問題。」

「說得沒錯。」漢娜的律師說。他以過長的手指笨拙地翻動著一疊文件，再從最底層抽出一張紙。他舉起那張紙，就著燈光查閱，他蒼白的長臉若有所思。「可是，如果我們可以諒解哈戴先生那個決定，就有立基點來寬待這幾位女子的行為，畢竟她們只是依循他的作法。還有，大家不該忽視一點，那艘救生艇已遭到暴風雨破壞，海水一直以很快的速度灌進船裡。」

「我不認為我們能估計海水灌進船內的速度。」檢察官說。

「我的論點在於，如果暴風雨可視為緊急狀況，就像先前假設的木板例子，那麼，她們就可以採取極端的行動。也就是說，由於暴風雨造成船體受損，而且哈戴先生與其他人的責任義務關係已生變，所以，即使在暴風雨過後，他們依然處於緊急狀況。抽籤的事證明了哈戴先生會犧牲船上的成員，由此推論他儼然已成為一大威脅。」

這時我對漢娜的律師徹底改觀。格蘭特女士的律師犯下的邏輯錯誤，他卻能利用它，扭轉局勢。我推崇他可以預見未來好幾步棋的能力，相較之下，我只能勉強跟上他們的論述，擔心自己會被次要邏輯或法條弄得昏頭轉向。只不過，他的動作遲緩，身體像是四分五裂的木偶，因此我依然很慶幸自己的律師是萊希曼先生——舉止可靠，機智聰敏，還率領著好幾位助理。漢娜的律師外表憔悴虛弱，但此時卻是越說越激動，表現地慷慨激昂，蒼白的臉孔因而變得容光煥發，充滿血絲的雙眼則炯炯有神，黑眼珠像是燃著火光的煤炭。

他做出結論：「這艘救生艇就像一個小國家，哈戴先生是專橫的獨裁者，危及他人的性命。難道使哈戴先生死亡的行為不能被視為是推翻一位邪惡的領袖嗎？」

檢察官回應：「可是哈戴先生完全未讓女性送命，不是嗎？若是如此，怎能只因他叫男性抽籤，就認定他是一大威脅？」

萊希曼先生答覆說：「庫珂小姐的事情又如何解釋呢？難道不是哈戴先生的言論逼她選擇自我了斷嗎？此外，哈戴先生不是拖延了很久才出手搭救麗蓓嘉・佛洛斯特嗎？從這些行為來看，他的存在已然對船上的女性造成性命的威脅，不是嗎？」

檢察官是一個聰明機智之人，他話說得飛快，彷彿是正義之輪正急速地滾動，他必須加緊速度才能追趕得上。他幾乎上氣不接下氣地說：「關於庫珂小姐自殺的原因，船上的生還者各執一詞。至於麗蓓嘉・佛洛斯特的事件，認定哈戴先生是蓄意未立即搭救她，未免過於武斷。在描述一個事件時，有可能過度關注某個特定層面，因而忽略其他細節。」

他們約莫爭辯了一小時。最後波特法官表示：「在這場答辯與討論中，也許是出於必要，討論的焦點時常從一般狀況轉移到特定情境。因此，我所做的結論是，我們無法以一個大原則來廣泛適用在所有的情況，並以此為根據來認定是否可以放棄某些乘客來解救他人。我們必須關注的是，在這個單一特定情況之下，能否允許這樣的行為，畢竟，這起案件的奇特狀況不太可能再度重演。我們應該根據個別案例的特殊情況做出判斷，不該把某些廣泛原則套用進來。」接著法官宣布他對我們負有審判權。

法律的權威至高無上，我們仍在官司中載浮載沉。

# 無辜

也許是因為他們提出了木板的假設，以及談到其他救生艇，外界開始謠傳哈戴先生尚在人間，報紙甚至提及此事。法律有規定不得把任何東西交給獄中的囚犯，但葛洛夫先生依然把那份報紙帶來給我。

「如果此事屬實，」葛洛夫先生說，「那麼妳的謀殺罪名就不能成立。」

「為什麼不能？」我問。哈戴先生竟然有可能逃離大海，回到岸上，這讓我不禁大感驚訝。

「因為這代表妳沒有殺人！」他驚訝地說。我把他說的話想了一遍，才發覺他說得沒錯，我們的罪名只有害死哈戴先生，不包括逼死救生艇上的其他人，儘管我有時覺得他人拿著整件事指責我們，甚至把船難也包括在內。等我會意過來之後，內心充滿不切實際的期望，但後來又想起哈戴先生如何一次又一次地浮出海面，直到最終消失於汪洋中。當時黑暗的海水從他骷髏般的臉頰淌下，那時的景象仍然歷歷在目。我感到狂風颳著我的靈魂。完全不敢想像哈戴先生可能會從大海中生還。

「這是有可能的。」葛洛夫先生說。「有人在紐約的海邊發現疑似是從亞歷山德拉皇后號上漂流過來的珠寶。每件事仍很難說。萊希曼先生已經交代我要調查這份報導。」

「如果他還活著的話，」我說，「他會恨透我們。我不認為他會在法庭上說：『我沒死，所以沒關係，你就放這些女士們走吧。』」

「沒錯，我也不認為他會這樣做。」葛洛夫先生說。「不過，也不需要他出面，只要他還活著的事實就足夠了。」

「那麼我想，我們會被判殺人未遂。」我說。「這個罪名會判哪種刑罰呢？此外，哈戴先生自己也會被告吧？法官清楚地說過，身為船員的哈戴先生不該要求乘客跳海。」我沒說哈戴先生是個野蠻人，擅於應付生死關頭，卻無法在文明社會立足。我也沒說哈戴先生會保護聽他話的人，並可以殺死其他不聽話的人，而我們早已被他歸類為後者。但是，我的確暗示過哈戴先生的背後可能另有隱情，他甚至可能說謊。

「我不會特別想找到他。」我顫抖地說，「畢竟我們確實把他趕下了救生艇。」

「這點沒錯。」葛洛夫先生說，並憂心忡忡的看著我。

我發覺自己不由自主地渾身顫抖，而他不知道該如何使我恢復鎮定。我說：「雖然我不想再看到哈戴先生，但我希望他還活著。」我會這麼說其實是我覺得葛洛夫先生希望聽到這句話。如果哈戴先生存活下來，就表示我並未殺人。我能清楚地感覺葛洛夫先生不希望我是一個雙手沾滿鮮血的人。那天早上，我曾想拜託他去見菲莉思蒂，請他幫我把一封信轉交給她，但我立即打消這個念頭。我想向她解釋我很愛亨利，雖然最初是被金錢所吸引，但後來，我是真的全心全意地愛著他。我之所以想讓她知道這件事，並非為了我自己，而是為了亨利。不過，我的直覺十分敏銳，知道何時該開口，何時該緘默，因此，我決定不和葛洛夫先生提起菲莉思蒂，也把那封信撕毀丟棄。我只是盡力拉高音量重述一次：「我真的很希望哈戴先生還活著！」最後，葛洛夫先生似乎放了心，將手搭上我的肩膀上安慰我。

隔天，萊希曼先生來到監獄問我兩個問題。首先，他想知道我是否協助把哈戴先生推下船；如果我確實做了，他想知道我何時做出決定。

「我想我當時確實幫忙把他推出船外。」我猶疑地說。

我問他是否讀過一週前交給他的日記，他回說看了，但希望我把整件事重新想過一遍，因為，他仍無法釐清我走向船尾是為了協助漢娜，還是為了幫助哈戴先生。

「妳很崇拜哈戴先生，而且他救過妳一命。所以，也許剛開始妳是想幫他，但哈戴先生誤解了妳的動機，開始動手攻擊妳，妳才轉為協助漢娜。」

「你想得沒錯。當我走向船尾的時候，確實不清楚自己想做什麼。」

「所以，妳幾乎是不自覺地走了過去，像是受到操控，是嗎？」

「我不認為當時我是不自覺的。我那時陷入天人交戰，渴望知道怎麼做才是正確的選擇。」

「所以妳想做出正確的行動？」

「沒錯！我想幫的是……」我忽然閉口不語。因為，我想幫的是船上最有勢力的人，但這種說法聽起來像是我精於算計。而且我同時發覺，萊希曼先生看我的眼神變得很古怪，他露著興味盎然的神情，我這才察覺他早已暗示我該如何作答，但很好奇我怎麼始終沒有會意過來。當我忽然噤聲，他便臉色一沉，顯得不太高興，但我不知道他的不滿是因為我遲遲沒有會意，還是因為我在說出真話前猛然住嘴。這時他掏出懷錶看時間，並表示他需要趕去見下一位客戶，因此，他的不耐也可能只是因為時間晚了。

「我們必須善用時間。」他說。這句話的語氣很像柯爾醫生，使我升起一股厭煩感。我不喜歡科爾醫生，但是，我越來越欣賞萊希曼先生。

「妳再想一下吧。」他說。「我認為妳很可能根本不想害死哈戴先生。而是直到最後一刻，才決定幫助漢娜那一方。如果事實真是如此，最好能夠在明日開庭前讓我知道。我們會在明天進行抗辯。另外兩位被告打算說她們是出於自衛。換言之，她們承認自己害死了他，而原因出自她們認為哈戴先生已威脅到她們及大家的性命。妳必須做出選擇——妳因為自衛，或者完全無辜。明天早上出庭之前，我們再做討論。」

我徹夜未眠，反反覆覆想著整件事的來龍去脈，希望記起遺漏的細節，或是從不同角度看待那起事件。漢娜跟格蘭特女士想害死哈戴先生，這一點無庸置疑。至於她們宣稱哈戴先生會危害大家，我只能說，這是她們唯一能提出的說法。但是，這個理由正確嗎？我們確實命在旦夕，可是哈戴先生真的很危險嗎？我認為，自從她們兩位公然與他對立，救生艇上就開始危機四伏。只是，錯是出在哈戴先生身上，還是要怪她們出面反對他呢？如果錯是在她們兩人身上，難道她們唯一不觸犯法律的方式就是被動坐好，乖乖聽話，不能提出其他建議來解救大家嗎？然而，這終究不是我該判斷的問題。我只須決定要讓萊希曼先生代表我向法官說什麼話。

隔天早上在法庭裡，反而變成我在擔心時間。預定開庭的時間是十點，但直到九點四十五分萊希曼先生仍未出現。漢達與格蘭特女士已和各自的律師前往會議室商談，我仍坐在長廊裡的椅子上，跟監獄看守員待在一起。我一下子相信萊希曼先生不會做出有害官司的事，一下子又心生憂慮。「我的律師到哪裡去了？」我詢問那位女看守員好幾次，而她一再以愛爾蘭腔安慰我：「他會來的。我認識萊希曼先生，他真的很可靠。」

當他終於現身時，我暫且壓下滿腔怒火，平心靜氣地說：「你還好嗎？我剛才還擔心你出事了！」

萊希曼先生滿臉笑容，不像昨天有著複雜表情。「別擔心，開庭時間已經改到中午了。」他邊說邊把公事包放在腳邊的地上。

似乎該有人把延後開庭的消息告訴我，但我實在是大大鬆了一口氣，很快便把剛才的焦慮拋諸腦後。女看守員讓我們單獨留在原地。

萊希曼先生坐在我旁邊，開口說：「妳想過我昨天的問題嗎？」

從他的語氣判斷，我再度感覺他已有了預設的正確答案，但我一時之間無法確定他希望我怎麼回答。最後我決定據實以告，並熱切希望這會是他想聽到的答案。只是，他的眼神不再饒富趣味，反而流露著深深的擔憂。

我凝視著他的雙眼，開始回答：「當我走向哈戴先生和漢娜的時候，其實並不確定自己會怎麼做。我想，當時的我是想讓船上恢復原本的氣氛，回到格蘭特女士還沒有去證明哈戴先生有罪的時候。當然，我那時的想法很愚蠢，畢竟我完全比不上他們，又怎麼有辦法彌補他們之間的裂縫呢？」

「所以我們要宣稱妳是無辜的！」萊希曼先生高喊，並用手拍著大腿。

看到他聽了我的回答而振奮，我也感覺異樣開心，只是，內心卻蒙上一種奇怪的感覺，彷彿再度回到救生艇上，被迫做出選擇，卻不知道會造成何種後果。這種異樣感轉瞬消逝，我心平氣和地走進法庭，很高興自己不必再做任何事，只須坐著旁觀萊希曼先生大展身手。

整個秋冬，葛洛夫先生不斷把亞歷山德拉皇后號船難的相關報導偷帶給我。有一次，他還把生還者的完整名單拿給我看，哈戴先生的名字並沒有列在上面。但是，我們都認為如果他不願見報，他的名字自然不會出現。另一次，葛洛夫先生帶來一份關注於船員的報導，有關舒特船長的報導占了不少篇幅。文中指出四十二歲的他，大半輩子都在在海上，如今留下妻子與兩名女兒。我正替他的女兒們感到難過時，「布萊恩．布雷克」幾個字猛然刺入眼簾，就位在舒特船長相關報導的下面幾行。我要求葛洛夫先生讓我保留這份報紙，並向他保證，如果被女看守員發現，我不會說出報紙是他帶來的。他離開之後，我一直盯著下面這段報導，直到晚餐時間才放下。

對船員而言，舒特船長也像是一位父親。「如果你好好對待他，他也會好好照顧你。」少數生還的船員之一威廉．史密斯說。「當然啦，也沒有人會想去頂撞他。」史密斯表示，一位名叫布萊恩．布雷克的船員幾年前在倫敦被捕，罪名為收受贓物。「舒特船長出面證明布雷克的清白，並指出某位男子才是真正的罪犯。那個人出獄後，舒特船長給了他一份工作，由此可見船長的為人。」史密斯說。

我幾乎敢確認那個人正是哈戴先生。整個晚上，我試著解讀史密斯所說的故事，以及哈戴先生與布雷克先生之間的糾葛。難道哈戴先生成為布雷克先生的代罪羔羊，因而對他懷恨在心？或者他們聯手進行非法的行為，只是布雷克先生有幸逃過一劫，哈戴先生卻鋃鐺入獄？如果在某個時期他們曾是夥伴，他們是否也是一起合作，把亞歷山德拉皇后號上的黃金搬出保險室？我知道布雷克先生有保險室的鑰匙，但他絕不可能獨力搬運那箱沉甸甸的黃金。如果當時他們忙於處理黃金，就不能靠近發報室，也無從得知無線電設備早已故障，求救信號並未送出。這就說明了他們為何不願離開沉船地點。最後，我思考著他們是自己想偷那箱黃金，還是受到某人的指使。我發覺，就算他們確實想偷，我也無法指責他們。

破曉時分，我把報紙摺得很小，塞進床墊下方的角落後，才發現芙蘿倫絲早已醒來，正藉著微光盯著我看。「那是什麼？」她低聲問。「妳不告訴我，我就跟女看守員說。」

「妳在說什麼呢，芙蘿倫絲？」我盡量裝作若無其事的樣子，不希望報紙被人拿走。也許我認為那張報紙是解謎關鍵；也許我只是像其他囚犯一樣渴望保有個人物品。總之，解讀那張報紙能讓我打發一些時間。

「剛才妳把某個東西塞到床墊底下。」芙蘿倫絲邊說邊把窄小的臉塞在鐵欄杆之間。「我看到了。我親眼看到了。」

「看來妳又產生幻覺了。」我用著擔憂的語氣說。我知道芙蘿倫絲極度希望別人能相信她，因此接著又說：「看守員會過來查看，然後什麼都沒發現，因為床墊下本來就沒有任何東西。這樣一來，她更會覺得妳發瘋了。」芙蘿倫絲聽了我的話，顯然受到打擊，安靜了下來。不到兩分鐘，看守員便搖著鈴走過來，因此我真的是即時堵住她的嘴。

我時常會拿出那張報紙，試著破解謎題，這的確讓我度過不少時間。只是，我始終無法確定哈戴先生與布雷克先生是敵是友。我想，他們大概兩者皆是。

# 證人

幾個星期過去了，每位律師忙著蒐集證據，處理我們的案子。漢娜和格蘭特女士被關在監獄的另一處，唯有出庭時我才會見到她們。由於案件已開始審理，我們每天都搭囚車往返於法院與監獄，因此可說是天天見面。我們幾乎不看對方，但我數度在囚車或法庭上發現格蘭特女士在瞄我。她有時會低聲向漢娜提到我，但通常眼盯著地面，或目光無神。我很好奇她是否還像當初在救生艇上那樣，懷著崇高的理想。

每天早上都是一成不變的路程：囚車駛過一座鋪設鵝卵石的橋樑，經過一棟尖塔高聳的教堂，再穿過一條狹窄街道，兩旁的磚房沐浴在晨曦當中，閃爍著血紅亮光。下午我們原路折返，一棟棟磚房黯淡無光，彷彿地基再也支撐不住，樓房即將坍塌。一個個市民各自站在門口，無精打采，無所事事。他們在想些什麼呢？有名年輕氣盛的男子跟一位女孩走在街上，他忽然把她拉進門裡，吻她的脣，這是因為愛情或是出於別種動機？

我很少跟漢娜或格蘭特女士交談。我的律師們叫我守口如瓶，不要透露自己的想法，而我幾乎照做。第一次審訊之後，在返回監獄的路上，我難得地跟她們稍微交談。兩位陪同的看守員正在聊天，漢娜趁機以一種可能略帶嘲諷的語氣說：「葛瑞絲，妳覺得那些陪審員怎麼樣？妳中意他們嗎？」

我當然對那些陪審員的長相感到好奇，但他們就是一般人，也沒什麼特別之處。我回答說他們給我的感覺很好，希望他們會好好聽取事實，心懷同情，不帶偏見。

「為什麼妳覺得他們看起來人很好？他們長得特別好看嗎？是這樣嗎？」

「我所謂的『很好』是指他們看起來聰明謹慎，感覺會是不錯的陪審員。」接著我告訴漢娜，萊希曼先生認為我們可算是幸運，因為其中兩位陪審員有親人死於鐵達尼號沉船事件。

「喔，是啊！我們還真幸運啊！」漢娜說。我不確定她到底是什麼意思，但我發覺她並非對我心生怨懟，只是就近把我當成箭靶而已。每當我看著漢娜，總覺得現在的她跟救生艇上的她截然不同——那時的她堅強獨立，神采奕奕；現在的她卻陰晴不定，說話很衝。或許，她只是暫時壓抑了那些令我欽慕的特質，也可能那些特質只存在於我的幻想中。我對漢娜的想法天天改變，不過，其他緊迫問題漸漸盤據我的注意力，使得漢娜的問題越來越無關緊要。

「別理會漢娜。」格蘭特女士說。「陪審團裡沒有女性，所以她很沮喪，如此而已。」

我愚蠢地高喊：「怎麼可能會有女性！有投票權的人才有可能進入陪審團，但女性根本無法投票啊！」幾秒之後，我才醒悟這就是漢娜沮喪的原因。我不再說話。我們跟著囚車上下顛簸，沉默不語。囚車駛近先前那對情侶接吻的地方，漢娜開口說：「對妳來說，全是男性的陪審團也很不錯吧？」但我只是凝望窗外，並未回應。她不是在生我的氣。如果她希望整個世界能變得符合她的心意，我只能祝她好運。

在另一次回返途中，漢娜又向我說話。行駛中的囚車嘎嘎作響，因此她必須靠近我身邊免得聲音被蓋過：「妳才不像外表裝的那麼脆弱。」

坐上救生艇前，我從來沒想過體力的問題，至少從未想過自己有多少體力，但後來我展現的耐力確實連自己都感到驚訝，並暗自慶幸。那些身心已瀕臨崩潰的人當然沒有遭到起訴。因此，漢娜與格蘭特女士認為，從某個角度來看，我們是因為身心堅強而受罰，但我不認為如此。有一天，我得以在法庭上發言，那時我感謝上天讓我活到現在，並相信陪審團可以權衡所有的證據，做出合理判斷。律師表示我們三位並不會對社會構成威脅——我們既不可怕，亦無須接受輔導，況且，我們怎麼可能再陷入救生艇上的那種處境。

在漂流的二十一天中，我身邊的人開始出現精神異常，有人在夜裡斷氣，但我卻是例外。檢察官一開始便問我：「為什麼妳們可以活下來？為什麼妳們三人沒有被惡劣的環境打倒？為什麼妳們沒有像大部分的人那樣虛弱生病？難道真正堅強的人不會選擇做出偉大的行為，為了解救他人而自願跳海嗎？」

「誰有那麼偉大呢？」格蘭特女士回答，「你有嗎？」

格蘭特女士不該發言，法官敲下法槌，要求陪審團忽略她的提問。我們離開法庭時，許多記者媒體正等著我們。「為什麼妳們活了下來？」他們高喊。「可以告訴觀眾妳們怎麼會有這種力量嗎？」

後來，漢娜在囚車上用力跺腳，大喊著：「這是在做什麼？是在搞女巫審判嗎？難道我們非得要淹死在海裡才算清白嗎？」

我回答說「清白」這個詞也許有更深層的解釋，或許活下來的人注定無法被視為清白。漢娜瞪了我一眼，回頭跟格蘭特女士交談。當時是我向記者說明為何我們能逃過一劫，也許漢娜是為此而發怒。雖然，我早已不相信傳統的宗教，但我仍回答記者們說：「都是因為上帝的恩典。」結果，隔日報紙的標題寫著「救命的恩典」，下面有一小段討論我的名字暗藏了何種玄機[6]。

從官司一開始，和格蘭特女士以及漢娜相較，媒體以及輿論就比較同情我。漢娜先前就指出這一點：「老實說吧，葛瑞絲，妳看起來比較無辜，所以才能倖免於難。」任何人聽到這種話都會想替自己辯護，因此我回擊說她跟格蘭特女士才是在裝模作樣，故意表現出獨立自主，不符社會期待的樣子。最後我才領悟到，每個人都必須決定何時要挑戰傳統，何時要固守慣例。我跟她們兩人其實並無多大的分別。

---

6 葛瑞絲（Grace）有「恩典」之義。

對我們來說，最主要的兩位證人是馬許上校以及普利斯頓先生。如今馬許上校穿著制服，上面掛著閃亮的絲帶，別著代表軍階的動章。他手按在《聖經》上宣誓要實話實說，接著卻述說著一連串的謊言。他說他試著對抗我們以保護哈戴先生，但男性在救生艇上極度勢單力薄，他擔心自己若繼續出面對抗，恐怕會成為女性的眼中釘。我氣得站了起來，認為法官應該要知道馬許上校為了是否接近另一艘救生艇，數度與哈戴先生發生爭執。更重要的是當格蘭特女士叫大家表決是否驅逐哈戴先生時，馬許上校根本沒有為哈戴先生辯護。但是葛洛夫先生把我拉回座位上，我只好安靜地坐在位子上，震驚地聽著馬許上校向眾人宣稱，在我們把哈戴先生推下海之後，又把霍夫曼先生推出船外。

他說：「哈戴先生威脅到的不是女性的安全，而是女性的地位。烏蘇菈．格蘭特女士顯然從一開始就想掌權，但是哈戴先生與大力支持他的霍夫曼先生卻阻礙了格蘭特女士的計畫。」

我滿心盼望普利斯頓先生能澄清事實，說明我們三人行動的本意，以及馬許上校當時的立場。然而，當他終於走上證人席的時候，卻以顫抖的雙手戴上眼鏡，顯得不知所措。總而言之，他沉默不語。我認為是檢察官曾叫他別提起任何不確定的事情。過了片刻，他似乎鎮定下來，幾乎變回原本那位堅定可靠的人，並開始幫助檢察官釐清事情的來龍去脈。他迅速背出幾個日期與數字，顯得信心滿滿，但發言內容缺乏條理，連我也不太明白他的話有何意義。陪審團的主席試著理清前因後果，卻終究滿臉疑惑，搖了搖頭。

只有開始的幾天是由檢察官陳述我們的罪狀，之後便輪到我們展開辯護。唯一倖存的義大利女子已返回家鄉，沒人知道那位拿著鳥翅刺向哈戴先生眼睛的人是她，還是已經死亡的另外兩位之一，但檢辯雙方都對這件事毫無興趣。扣除我們三個和那位義大利女子，總共還有十四位女性生還，其中十二位有的出庭作證，有的留下證詞。雖然其中幾位表達自己當時身心俱疲，記不太清楚過程，然而，她們十二位全部相信自己能活下來都該歸功於漢娜與格蘭特女士。她們的證詞顯然事先經過協調，因此用字遣詞千篇一律，例如：「哈戴先生絕對瘋了，而且會危害到我們大家。」或者「格蘭特女士就像一座島嶼。」或是「格蘭特女士是一座避風港。」至於漢娜則是，「指引我們迎向她的光芒。」

她們異口同聲表示：「沒有人動霍夫曼一根寒毛，他是自己跳下船的。」

她們就像是某個宗教團體的信徒，正在齊聲歌頌她們最敬愛的教主，表現出毫不動搖的堅定支持，報紙因此稱呼她們為「耶穌的十二門徒」。在她們發表幾乎相同的證詞之際，格蘭特女士注視著她們，臉上帶著特有的關心神情。漢娜則向她們露出女祭司般的沉靜微笑。就連法官也被打動。我看見法官望著她們兩人，臉帶驚奇，甚至有些著迷。我不禁認為這整段過程證明了格蘭特女士具有影響他人的力量，這也就證實我的律師說得沒錯——當時我確實受到她的影響。

起初檢察官不斷拋出問題，試圖讓她們別再只回答：「我不記得。」或是回答：「她是避風港，她是光芒。」但是當三名女證人都痛哭失聲後，他停了下來。我想他是發覺自己顯得冷酷無情，竟讓這些飽受折磨的女子受到更多痛苦。顯而易見的，那十二名女性為了袒護我們而團結一致，協調出一套說詞。可是，假使我們沒做壞事，又豈會需要她們的袒護？這個推論十分明顯，陪審員似乎有好幾次都在思考這個問題。對我們不利的還有馬許上校的謊言。他身穿全套軍服，十分引人矚目，要不是我知道實情，我也會相信他說的每一個字。

這十二名女證人中，唯一一次有人脫離既有說詞，是因為萊希曼先生把葛莉塔重新叫上證人席，要求她說明我跟漢娜與格蘭特女士的關係。萊希曼先生說：「根據妳們所有人的證詞，漢娜．薇絲特以及烏蘇菈．格蘭特簡直像是同一個人。」

「她們對許多事物的想法十分相似，而且她們一直密切合作，關心其他女性是否安然無恙。」葛莉塔說。

「那男性呢？她們也會照顧男性嗎？」

「我認為她們當時假設男性會自己照顧好自己。」

「這起案件中有三名被告。妳認為葛瑞絲．溫特也跟她們兩位密切合作嗎？」

「正好相反。葛瑞絲是一位很高傲的人，她似乎比較順從哈戴先生，不太會聽格蘭特女士的話。我們認為她不喜歡被女性領導。你也知道，她嫁給了一位很有影響力的銀行家，這或許就解釋了她的心態。除此之外，我覺得她可能會對大家感到內疚，因為她是在救生艇滿了之後才坐進來的。如果說她跟誰比較熟，那應該是瑪莉．安吧。」

這時萊希曼先生把葛莉塔先前寫給我的信拿給她看，

信上寫著：別寫這些東西給我！老實說，律師要我根本別跟妳聯絡，否則我們會像在串供。不過，請麻煩轉告格蘭特女士，請她不要擔心。我們大家都知道該怎麼做！

他問說：「妳跟其他女性有串供嗎？」

「當然沒有。」葛莉塔回答。

然而萊希曼先生相當聰明，對他而言，無論葛莉塔怎麼回答都無關緊要。她否認之後，他便轉身對陪審團說：「你們看到漢娜．薇絲特以及烏蘇菈．格蘭特對這位女子有多大的影響力嗎？難道葛瑞絲就不會受到她們的影響嗎？」

出人意料的是，就在罪名定讞前的最後一天，安雅．羅勃森忽然現身，提出最為不利的證詞。當初她根本置身事外，既沒有負責把水舀出船外，也不曾幫忙照顧病人，但當她向陪審團解釋此事時，不會有人想指責她，因為，她必須照顧兒子查理。

檢察官拿出一個救生艇模型，座位上有四十個圓孔，可以插進三十九根代表人物的釘子。檢察官把貼著生還者們姓名的釘子交給羅勃森，要求她把它們插到座位上，代表這些人在表決哈戴先生是否該下海時所坐的位置。萊希曼先生反對這個要求，認為四十個圓孔表示船上有四十個座位，但根據先前的證詞，亞歷山德拉皇后號上的救生艇造得比原定計畫更小。法官駁回萊希曼先生的反對意見後，羅勃森把代表瑪莉・安的釘子擺在代表我的釘子旁邊。她接著把漢娜、格蘭特女士、哈戴先生擺到各自的位子，然後把自己擺在瑪莉・安的後方。

「他們以為我在專心照顧兒子，所以完全沒注意到四周的情形。」她說，「其實，我目睹了整件事情。」她開始咒罵我們三人，描述我跟漢娜在聽到格蘭特女士的命令後，起身對抗哈戴先生，踢著他的膝蓋與雙腿，最後導致他倒在我們的身上，而瑪莉・安見狀則昏了過去。她說哈戴先生有一隻手嚴重受傷，根本不是我們的對手。有一件事她說得沒錯——當時我們確實忽略了她的存在。

萊希曼先生要求她證實我並未像其他女性那樣投票贊成要哈戴先生跳海。在後來的問答當中，她說我在哈戴先生死後坐到瑪莉・安的身旁，後來便很少跟漢娜與格蘭特女士有任何交集。她宣稱她能清楚看到我們的一舉一動，還聽到我們的一些對話。

「她們說了些什麼？」

「我認為她們吵了一架，所以瑪莉．安顯得很難過，可是她們後來一定又和好，否則她們不會在最後幾天都窩在一起，只有在葛瑞絲去幫尼爾森先生掌舵時才會分開。事實上，當瑪莉．安斷氣的時候，她的頭正靠在葛瑞絲的大腿上。瑪莉．安一定有叫葛瑞絲把她的結婚戒指交給羅伯特先生，做為一個紀念物。喔，羅伯特先生是瑪莉．安的未婚夫。在他們處理瑪莉．安的屍體前，葛瑞絲就把那枚戒指戴在自己的手指上，所以我才會這樣認為。」

我聽著這段證詞，感到很有興趣，因為，我幾乎不記得從哈戴先生死後到我們獲救之間，將近一星期內發生過的事。我有時會很好奇瑪莉．安到底出了什麼事。如果當時我拿了她的戒指，那麼它後來一定是掉了，因為戒指現在確實不在我這裡。散會後，我感受到一整天下來局勢變化的沉重壓力，於是跟萊希曼先生說：「我們輸定了。我絕對會被判有罪！」

但他把我拉到走廊的一個偏僻角落時，眼神竟然閃閃發光，顯得興奮異常。「妳在說什麼呢？關於投票的那段證詞簡直是上天給的禮物！此外，安雅以及葛莉塔都清楚證明你跟另外兩位被告並不相同。不過，妳之前為什麼沒跟我提過瑪莉．安的事？」

「她的什麼事情？」我問。

「妳沒說到她斷氣時正靠在妳的大腿上！」

「她應該有吧。我完全忘記那天的事了。我寫的日記就在你那裡，我所記得的每件事情都誠實地寫在上面。如果我回想到什麼，一定會寫在日記裡。但是，最後那幾天的事我幾乎忘得一乾二淨。」

「妳可以不用裝得那麼消沉了。」他邊說邊披上外套，準備離去。

我以久違的姿勢抬頭挺胸。等他扣好外套的釦子，我以不卑不亢的眼神與他對視。「萊希曼先生，你覺得我是用裝的嗎？」

他盯著我看了片刻，然後眨著眼說：「不是，不是，總之今天真是太棒了。」

他並未回答我的問題，但這句話莫名地使我充滿希望，因此我祝福他有一個溫暖美好的夜晚。我說完後才想到，雖然我有理由樂觀，但我畢竟尚未無罪開釋。「我猜你正要回家與心愛的妻子共進豐盛的晚餐吧。」我說這句話時，試著壓抑心中的一陣苦澀。我想到亨利與自己所失去的一切。

「天啊，才不是這樣！」他驚呼。「妻子只會阻礙我的人生。」

「那是你還沒有遇到對的人。大家都知道，每位成功男人的背後一定有一位特別的女性。這是亨利會願意與我結婚的其中一個原因。」

「別擔心我了，妳還是先關心自己的事吧。妳該開始好好計畫自己的未來。」

雖然官司對我非常不利，但我還是差點笑了出來。萊希曼先生足智多謀，是一位傑出的律師，但他終究是個男人，而男人對於女人是否早已心懷計畫，通常一無所知。

# 定案

整段審訊的過程中，他人都認為我的證詞模糊不定，但我並不在意。我的確沒有大力支持驅逐哈戴先生的決定，但也沒有極力反對。雙方皆為此抨擊我，但我實在不知道當初自己的舉棋不定是因為那幾天已有數人喪命，還是因為我天生不會對這類事情感到激動。以我和亨利的婚姻為例，即使我為了許多原因快樂不已，卻無法像瑪莉．安那般一直處在欣喜若狂的情緒中，每當提起羅伯特先生便雀躍不已。我有時會有相似的感覺，卻不會認為那是快樂的情緒，反而覺得是一種瘋狂心理，應該加以壓抑或克制。此外，大家不妨檢視那些情緒激動的人有何下場：執事先生自願跳海，哈戴先生與瑪莉．安賠上性命，漢娜與格蘭特女士鋃鐺入獄。當然我也被囚禁，只是我自始至終不曾把自己與她們歸為同類。

此外，當格蘭特女士占了上風，我便輕易見風轉舵，跟她與大家站在同一陣線，只有霍夫曼先生始終支持哈戴先生。當時沒有人強迫我做出這個決定。即使萊希曼先生不斷勸說，我仍未做出有人明示或暗示要傷害我，好強迫我加入其他女性陣營的證詞。最後，萊希曼先生只好在法庭上說：「請想像你處於葛瑞絲的困境中，跟這些強勢的女性一起困在不到七公尺長的救生艇上，四周只有一望無盡的汪洋。你才剛親眼目睹一位男子被這些女人害死。難道你不會害怕自己也將遭到不測，只好對她們言聽計從嗎？」

我不會作證說，當我把哈戴先生推下海時，心裡確實浮現萊希曼先生所描述的這些感受。等輪到我站上證人席時，我甚至反駁萊希曼先生的說法，但他轉身對陪審員說：「她顯然還在害怕她們。」

這類詢答在審訊過程多次上演。檢察官問我，哈戴先生是否直接威脅過任何女性；我否認了。萊希曼先生把問題轉了方向，問我是否受到漢娜或格蘭特女士的威脅；她們是否叫我加入她們，否則就讓我跟哈戴先生有相同下場。

「沒有，她們沒有直接威脅我。」我回答。

「那妳是否曾經擔心自己會喪命？」他繼續提問。

我的回答是「沒錯」。自從亞歷山德拉皇后號發生爆炸之後，我就一直擔心自己會死。

儘管我已做出回答，萊希曼先生仍繼續追問相關問題，語氣也越來越尖銳。「溫特女士，我認為妳在說謊。妳到底有沒有感覺受到威脅？」他反覆追問，激動到連我都嚇了一跳。

「沒錯！」我終於大喊，「我每天都覺得受到威脅！」後來我才想到這是萊希曼先生的高明的地方。他把這些問題接在一起，讓陪審團誤以為我是在害怕漢娜與格蘭特女士。

等到下一段休息時間，萊希曼先生把我拉到一旁說：「之前，妳從救生艇上獲救，現在，妳要從法庭上生還。可別搞錯了，現在的情況跟在救生艇上沒有什麼不同。」

「什麼意思？」我問。他對我露出一種心領神會的眼神。律師們在聽到可疑證詞時會互相交換這種眼神。不管是在法庭或海上，漢娜跟格蘭特女士也不時對彼此露出這種眼神。

萊希曼先生說：「如果妳願意犧牲別人，我保證妳可以解救自己，無罪開釋。」

為了替我準備一套證詞，萊希曼先生問了我一連串的問題，這些問題都是由萊格先生與葛洛夫先生事先準備。這兩位較資淺的律師在後方走來走去，有時會扮演檢察官向我提出比較尖銳的問題。這時連面容憔悴的萊格先生都變了樣子，他蒼白的臉會浮現激動神情，暗紅嘴唇露出駭人的蔑笑。葛洛夫先生通常和藹可親，會對我伸出援手，這時我向他露出難過的眼神，他卻故意望向別處，彷彿完全沒注意到。輪到他扮演檢察官並向我提問時，我覺得他為了能主導局勢而開心，幾乎毫不掩飾他的心情。我跟他彷彿互換身分，我犯了一個始終沒留意到的疏失，而他因此開始處罰我。我忍不住懷疑他並不像原先我以為的親切和善。等再度輪到萊希曼先生發問時，我鬆了一口氣，因為萊希曼先生始終如一，客氣有禮，自始至終只在扮演自己，永遠是我面對審訊時的堅定靠山。他數度稱讚我的「日記」，認為它有助於對案子的準備，但是他們卻也認為我的日記不該列為物證。

藉由這些演練，我明白檢察官可能會問我的棘手問題，企圖讓我脫口說出原先並不承認的關鍵細節，藉以將我定罪。只不過，我已坦然承認了所有事情。儘管這些演練令人難受，我終究撐了過來。我只是沒料到，萊希曼先生在演練時始終冷靜鎮定，竟在法庭上變得激動異常，使我震驚不已。他的聲音大到連玻璃都險些裂開，甚至還拿一本書用力拍打桌面，使法官不得不敲桌子，提醒他，我不是什麼頑劣人士，他應該冷靜下來。

那天結束時，我全身筋疲力盡。萊希曼先生對我露出燦爛微笑說：「對不起。」但我不知該如何反應。

我是第一個提出證詞的被告，結束之後，感到徹底放鬆。從陪審員的臉上，我看不出我是否讓他們留下正面印象。我疲憊不堪，差點落淚，於是垂下雙眼，雙手也微微顫抖。困在救生艇上的幾個星期耗盡了我的力氣，如今我發現自己仍未完全恢復體力。和漢娜與格蘭特女士相比，我一定顯得悲慘且虛弱。

我想，萊希曼先生打從一開始便設法區隔我和另外兩位被告，況且，格蘭特女士的形象也的確比我來的嚇人。她一身黑衣，頭髮剃得很短（在救生艇上則緊緊綁在腦後），即使船難讓她瘦了十公斤，她依然看起來強壯有力。外人一看便明白為何當初大家會把她當成靠山，也沒人說她的閒話——她是與眾不同的。她在救生艇上從未掉淚，在法庭上也是如此，只不過，這當然會對她不利。漢娜人高馬大，顯得脾氣暴躁，是個危險人物。她私下向我透露，她的律師試著讓她看起來溫柔一些，建議她仿效我在法庭裡的穿衣風格，但她完全不予理會，繼續穿著褲裝。至於我，則很喜歡這樣的建議：我有時身穿鴿灰色衣服，有時是深藍高領上衣，上衣的袖口還裝飾著蕾絲。這些衣服皆是由我的律師所挑選，但我不知道價格。漢娜告訴我，她的丈夫遠從芝加哥趕來，為她帶來許多灰色與綠色的服裝，但她不肯穿。當我知道她已婚時，感到相當驚訝，因為她從未提過此事。據說她不願與丈夫見面，並打算離婚，但她不曾告訴我這些。此外，她也不掩飾臉頰上的暗紅疤痕。那道傷疤不會使她看起來楚楚可憐，反而讓她像是海盜。我向她提起時，她回答：「喔，我像海盜嗎？這樣的話，我的外表還滿符合我的個性。」

在踏進那艘救生艇之前，我很少想到大海，就連在亞歷山德拉皇后號上也不例外。那時，大海只是一個優美的背景，襯托著我與亨利，頂多就是一片或深或淺的藍色。要不然，就是會掀起波濤，造成不甚嚴重的暈船反胃。有時候，我認為自己是被迫（或是獲選）在救生艇上承受二十一天的煎熬，為了學到一些教訓，也不再認為人類可以對大自然予取予求，不再認為亨利掌管銀行金錢的權力是一種力量，不再認為波特法官的職權是一種權威。

時間流逝，各種理論、故事、謠傳、證詞紛紛出現，救生艇上的那段時光日漸模糊，越來越不像是客觀存在的事實（例如：滄海、天空、飢餓、寒意），反而像是媒體記者跟道學家茶餘飯後的討論話題。人人都有一套看法，漢娜質疑著那些外人的想法到底有何重要。其實，我也不知道。不過，我很好奇亨利會做出什麼評論。亨利很有決斷力，我常想如果亨利也在救生艇上，事態會如何發展。如果當時他在我身邊，我絕對不會被冠上任何罪名，也不會被報導成「沒人性」。

我很想念亨利。他個性鮮明，堅強不屈，只要待在他的身邊，我就無須展現什麼個性。最重要的是，他讓我很有安全感，但說來諷刺，如果我們不曾相遇，我就不會搭上亞歷山德拉皇后號並遭遇之後的種種危險。沒有他陪在身邊，我覺得自己暴露在外，任由他人的評論牽著走。雖然我很少閱讀相關研究，但我認為一定有很多文章寫到人們本該互相配對，共度難關，甚至結成連理。就連漢娜與格蘭特女士的例子都證明了這個論點。雖然她們沒有也無法與對方結婚，但仍從彼此身上找到力量。總之，救生艇上的所有人，就屬她倆的關係最緊密，也在整起事件中受害最輕。我當然是指，她們在受困大海時的那段時間，似乎受害最輕。如今，她們被關在監獄裡，會遭受到很多她們在海上時躲過的痛苦。我有時會想，假如格蘭特生為男性，也許她們今天就不會入獄。

有個晚上，我望著滿天星斗下的黝黑滄海，對討海人升起崇敬之意，他們發出的光輝如此微弱，集合起來卻成就偉大事業。這麼一想，我便不再害怕。以前我總想像上帝漂浮於夜空的某處，有時微笑，有時皺眉，依照心情而變，或者依照人類的表現而定。也許祂居住在太陽上，或是從嘴裡吹出劇烈風暴，叫我們積極振作，叫我們改過自新。如今我卻明白祂潛伏在海裡，跟哈戴先生牽著手，伴隨巨浪一次又一次高高升起，再化為浪花打進救生艇裡。

我決定不在法庭裡提起這些。我看過足夠的例子，明白這種個人的領悟只會讓我一下子被視為異教徒，一下子被當成瘋子。然而，我曾跟萊希曼先生私下聊到這件事，他說提到自己對上帝的信仰是一個好策略，因為陪審員能夠了解這種信仰。他認為我可以在法庭上提起上帝，但不要說到其他細節。「那些陪審員根本什麼也不了解。」我正準備這麼說，卻打消念頭。

少了執事先生從宗教層面指引方向（雖然他的講法比較嚴肅，稍微不符合我的偏好），我只好自行探索。我試著回想《聖經》上的內容。也回憶那些讓我我留下印象的佈道會，但幾乎什麼也想不到，因為我極少參加。我是一個視覺型的人，也比較喜歡實際動手做事，而非不斷窮天究理。我記得彩繪玻璃灑落的光線，記得唱詩班的女孩以及她剛洗好、閃閃發亮的秀髮。我記得許多孩子坐立難安，後來他們離開教堂去參加週日讀經班，四周突然變得安靜無聲。即使我早已長大成人，卻依然希望跟他們一起離開。我還記得牧師身穿白紫相間的服裝，教區裡的女士戴著花俏帽子，但他們說過什麼我已不復記憶。

經歷救生艇上三週的煎熬，再經過兩週的出庭應訊，我變得更留意周圍的聲響。例如：我確實聽見格蘭特女士叫漢娜去查看水桶裡是否有一個木盒，只是我裝作沒聽到。漢娜想發表證詞，說明她從瑪莉．安口中聽到哈戴先生握有一些珠寶，但我聽見法官回絕這項要求，認為消息只是道聽塗說，並未經過證實。我聽到柯爾醫生說我意志不堅，容易受他人左右。我還聽到萊希曼先生說，他不認為已婚女子全都一模一樣。此外，陪審團宣布我無罪時，我也清清楚楚聽見了，就像我在第七天時清楚聽到的號角聲。

漢娜跟格蘭特女士被判蓄意謀殺。監獄看守員把她們帶走時，我感覺到最後一條鎖鏈遭到猛力拉緊，最終斷裂。我望著她們，但只有漢娜回頭，她的眼眸仍燃著當初的火焰。我想這也許是我今生最後一次看見她們，並且為了這個想法感到抱歉。法官說：「溫特女士，妳可以自由離開了。」但我依然佇立於辯護席的桌子旁，望著法院速記員收拾東西，看著四周的座位漸漸變得空蕩。不過這花了一些時間，因為法庭裡擠滿很多想知道判決結果的民眾。終於，只剩下我與律師留在空蕩蕩的法庭裡。葛洛夫先生似乎很想帶我去大吃一頓，慶祝一番。我轉身去看萊希曼先生，想知道他是否會跟我們一起去，但他可靠的身影已消失不見。我感到一股異樣的不安，不知道重獲自由後的未來會是什麼。

我的表情一定多少透露出內心的情緒，因此葛洛夫先生才會準備伸手想扶住我，而我也打算攀住他的手臂。但是，萊希曼先生忽然出現在陰暗角落，正在與一位剛從座位上站起來的優雅女子交談。我從以前就一直想像她的容貌，但從未想過她會面帶笑容。而她現在確實在微笑。「謝謝你，葛洛夫先生。」我邊說邊將手收回來，微笑感謝他的關心。「我現在感覺很好。」我抬頭挺胸，盡量無視砰砰的心跳。我一直想像以別種方式重返社會，但還是提醒自己：「妳是亨利．溫特夫人，不可以在此時此刻讓妳的丈夫失望。」

# 獲救

哈戴先生死後的隔天，晨曦耀眼，天氣晴朗。格蘭特女士從自己的袋子裡拿出一把梳子，叫漢娜替我們把頭髮綁起來，免得披頭散髮。天空接連兩日放晴，我們可以曬乾毯子，卻從皮膚不斷失去水分。

如今救生艇上還有二十八人。格蘭特女士為大家重新安排座位，好平衡重量，接著叫男性搭起船帆，開始航向英國，也許是法國。西風持續吹拂，救生艇很快便破浪前行。我的新座位在船尾，必須跟尼爾森先生輪流掌舵，但我發覺，我對這個任務極不在行。不過，我首次有機會就近觀察尼爾森先生，發覺他其實很年輕，只是因為他博學又嚴肅而顯得年長。現在他已毫無威嚴可言。我請他教導我如何操作舵柄，他像受驚的小兔般望著我說：「妳想往哪裡前進，就把它朝著相反方向。」他拉起舵柄示範給我看，船舵隨之轉動，船身濺起一些浪花。後來我對他說他流血了，想幫他擦掉血跡，但他連忙閃避，再度露出小兔般的驚嚇神情。

我使盡力氣操作舵柄，但船根本不聽我的操控。後來，我或許是操作錯誤，船舵竟然鬆開，險些落進海裡。我有好幾次感到頭暈目眩，幸好有尼爾森先生拉住我的肩膀，否則我很可能會摔出船外。為了操作舵柄，我筋疲力盡，幾乎沒留意到其他人的情況。只知道一段時間之後，葛莉塔會與我交換座位。再過一段時間，我們又換回來。

不可思議的是，船身幾乎不再進水。除了我們已竭盡所能地修補船身的破洞之外，救生艇裡的人數變少，加上大家變得更瘦，整艘船的重量因而減輕。風停止後，我們不再前進。大家早已身心俱疲，懶懶散散，東倒西歪，只有葛莉塔坐直身子凝望海面，希望能看見其他船隻，或是在清澈無波的大海裡看見魚的蹤影。

有一次，我們看見遠方出現一隻鯨魚。「哇！」漢娜叫了起來，枯瘦的臉龐綻出笑容，「一隻鯨魚夠我們吃好久。」她閉起雙眼，朝大海伸出雙臂，喃喃念著某種呼喚鯨魚的咒語，當然，那隻鯨魚後來消失無蹤，再也不曾出現。馬許上校說那是一隻「大海怪」，還說有一本書就叫做這個名字。他繼續顛三倒四地說，湯瑪斯．霍布斯認為人類主要受到兩件事所影響，那就是對權力的慾望，以及對他人的恐懼。他的整段話並不連貫。他說：「霍布斯認為科學法則可以預測一切，這些法則根植於人性，驅使人類為了保護自己而做出自利的行為。」

「你說這些有什麼用。」麥肯女士說。隨後她與大家各自陷入沉默。我們在靜默中度過大多數時間。我想，大家只全心想著救生艇裡的事情。因為，我們終於接受事實，明白自己確實困在救生艇裡。

我不是坐在尼爾森先生旁邊掌舵，就是像先前那樣坐回瑪莉．安的身邊。我的記憶依然存有許多空白，在等候陪審團做出判決之際，我試著努力回想那段日子。我認為瑪莉・安是在哈戴先生死後兩、三天開始生病。我記得我會跟著她一起顫抖，倚靠著她纖瘦的肩膀，兩人瑟縮在一起，我當時一定也病了。每隔一陣子便有人斷氣，還有力氣的人會幫忙把屍體推入大海。我不記得是誰發現瑪莉・安很久沒有動過。那天早晨稍晚之後，她便加入其他人的行列，把身體永久交付給大海。

尼爾森先生曾提議將死者的屍體當作食物，但格蘭特女士阻止了相關討論，大家也不再提起。我記得普利斯頓先生關於求生意志的理論，並想著船上是否有人還保有求生意志。我們絕少交談，如今回想，我懷疑我記得的隻字片語不過是幻覺而已。我的舌頭腫脹。由於缺乏水分，口水從又濃又臭變得完全乾涸，舌頭困在嘴裡如同死獸，僵硬麻痺，乾燥龜裂，簡直是一隻乾死的無毛老鼠。我的眼睛也是又黏又乾。當我起身準備往前走向毛毯或往後走到船舵的時候，自己似乎無法分辨前後左右。猛然湧現眼前的亮光與黑點遮蔽視線，使我彷彿正漂浮於星輝斑爛的夜空。我經常昏眩，有一次倒在麥肯女士的身上，將她撞倒。我們倒在船底，以怪異姿勢壓著對方的身體，卻累得爬不起來，要不是格蘭特女士大聲叫我們振作，我們恐怕會一直躺著不動。

睡眠與清醒的界線日漸模糊，我無法區分夢境與現實。最嚇人的例子是，我一度以為亨利一直待在這艘救生艇上，只是大家誤認他的身分。其實他穿著船員的制服，偽裝成哈戴先生，好跟我一起登上救生艇。我越想越驚恐，覺得自己幫忙害死的人竟然就是亨利！我攀著欄杆，終於在漢娜身邊坐下。我嚇得渾身打顫——這輩子從未這樣劇烈顫抖過。

「我認為哈戴先生根本不是什麼船員。」

「那麼他是誰？」漢娜問我。

「亨利！」我低聲回答，試著移動不聽使喚的舌頭。「我認為我們殺死了亨利！」我的身體沒有水分，否則我早已落淚。

「不對，不對。」她低聲說，並以粗糙手掌摸著我的臉頰。「我們沒有殺死亨利。他根本不在這艘船上。」

這時我才從半夢半醒或是神智不清的狀態中清醒過來，發現自己坐在漢娜身旁。她閉著雙眼，我們彼此靠著對方的肩膀。那天剩餘的時間裡，我漫步在冬宮的走廊，但已不像是名建築師，而是一縷幽魂。

那天晚上，也或許是隔天晚上，天空降下大雨。我們花了好幾分鐘才回過神，又笨手笨腳地花了大約半小時才降下船帆，像哈戴先生當初做的那樣靠帆布讓雨水流入水桶。我們實在虛弱不堪，幾乎難以完成這個工作，不過在大雨停歇時，我們已喝到差點想吐，船裡也儲備夠多飲水，足以應付未來所需。

最後幾天，一切分崩離析。格蘭特女士沒有沿用哈戴先生所安排的工作分配方式。如果有什麼事該做，她會親自動手處理，或是由漢娜去做，因為其他人都徹底精疲力竭、神智模糊，無法聽從她們的吩咐。我們不再想要航行——好像這只是格蘭特女士為了反對哈戴先生才提議要做的。

就在那一天，或是之後的那一、兩天，有一艘冰島漁船出現救了我們。獲救的時間點在法庭上引發爭論：哈戴先生落海多久後我們才獲救？我們有多少天無水可喝？我並不確定天數，但寫完日記之後，我確信漁船是在哈戴先生死亡一週後出現。漢娜宣稱知道天數並發誓說：「九天。」檢察官表示，我們顯然看法不一，也許那段時間只有一、兩天而已，因此哈戴先生的死根本是「愚蠢，沒必要，無庸置疑的犯罪行為。」

那些冰島籍漁夫試著扶起那三位義大利女子，我們這時才發現其中兩位早已斷氣。第三位義大利女子緊緊摟著她們，彷彿她們是她身體的一部分。直到格蘭特女士在她耳邊說了一些話，她才終於放手，讓漁夫把這兩具發臭的屍體放進大海。我記得當時有人猛力拉著我，但我不願放開由我負責操控的舵炳。我也記得漁船上瀰漫著濃厚的魚腥味，雖然船長與船員粗手粗腳，沒刮鬍子，但態度彬彬有禮，充滿騎士風範與文化教養。

漁夫們相當擔心我們的身體健康，把最好的食物分給我們。我們在漁船上待了兩天。在這段期間裡，他們繼續尋找其他救生艇，我們則等待一艘郵船來載我們前往波士頓。尼爾森先生留在漁船上，打算跟他們一起返回冰島，再從那裡自行前往斯德哥爾摩。剩下的人在郵船裡待了五天，等我們抵達波士頓時，體力已略為恢復。我們給有關當局的第一印象並非瀕臨餓死的淒慘模樣，我認為這對案情不利。開庭時，那些漁夫已返回冰島，只留下漁船船長寫的一段紀錄，只是他從未想過我們會被逮捕並被起訴。

柯爾醫生要我跟描述關於獲救的情形，但我很難以言語表達當初看見漁船時的感受。當時漁船從霧氣中浮現，就像夢境一般。我告訴他，我想把這段記憶放進珠寶箱裡，等到遭遇人生挫折時拿出來重溫。我說，當時我感到又驚又喜，那是一種我從未體驗過的奇特感覺，後來也不曾再感受過。他接著問：「妳現在正面臨審判，會希望再出現一艘冰島籍漁船將妳拯救出來嗎？」我回答說那艘漁船早已出現——難道他不認為自己就是那艘漁船的船長嗎？

伊莎貝爾個性嚴肅，信仰虔誠。她堅持我們必須先致謝詞才能開始用餐，因此每到用餐時間，我們低頭等很長的時間，聽她列舉許多必須感謝的人事物，眼看著食物漸漸變冷。她感謝海洋，因為大海雖然威脅我們的安危，卻也支撐我們的小船。她感謝海魚與飛鳥奉獻自身，成為我們的食物。最後，她感謝那些喪失性命的人，使我們得以存活。我也會在這段期間暗自祈禱，希望亨利可以奇蹟般地生還。有些人會插嘴打斷，說出他們自己的願望，我這才發覺她們跟我一樣有些迷信，都正在為了所愛之人向上天祈求，但同時又不願顯得貪得無厭，不知滿足。

我在想，他們新生的虔敬行為能持續多久，並記起辛克萊先生說過的一番話。「人在創造神以後，總有一天會再把祂摧毀。」他說完這句後，繼續解釋人與神會不斷重複這種關係。「當我們還是嬰兒的時候，需要一個權威的形象來引導我們、照顧我們。我們不會質疑那個權威，相信家裡的範圍就是整個世界，其他地方都會跟眼前看到的一樣。這其實是理所當然的。但是，隨著成長，活動範圍漸漸擴大，我們開始會提出質疑。當這種情況持續下去，最終，我們會永遠拋棄我們的神——我們的父母——然後自行開創未來，當自己人生的神。或者，我們會尋找父母的替代品，因為，當自己的神必須承受巨大的恐懼與責任。每個人都會選擇其中一種方式，這也就造成人類歷史上的重大分歧。」

我很佩服他的見解竟然如此透徹，可以套用於任何時代的人，沒有例外。獲救之後，我看到大家經過這段折磨，都變回可憐無助的小孩。但是，在我和克萊辛先生交談的當下，我想到的是米蘭達與我在家中的情況，而不是外界的種種或是周圍的一切。

米蘭達想在家庭之找到一個權威代替父母，我則樂於脫離他們。當我把這個想法告訴辛克萊先生時，他說：「妳擁有特別的力量。」無論他的看法是否正確，只是聽他這麼說，我便覺得自己更加堅強，而這正是言語的力量。

隔天，辛克萊先生再度提起這個話題，好似時間在這段期間裡並未流動，僅管在這兩天中其實發生了許多事，其中包括從麗蓓嘉落海最後救起的整樁事件。

「可是葛瑞絲，」他說，「如果妳真的比妳姐姐獨立很多，又該怎麼解釋亨利的事呢？」

我一直很尊崇辛克萊先生，視他為我的良師益友。從他先前對我說的每句話來看，他的確是真心全意地關心著我。現在，他卻好像在質疑什麼，但我不太確定是哪件事。

「我愛亨利。」我說。「我相信一個人不管是屬於那兩種人格的哪一種，都需要愛情與陪伴。」我想強調這一點，但有時我拙於言辭，因此隔了片刻才再補充說：「我不認為證明勇氣的唯一方式是獨自面對這個世界。」

「我同意。可是妳必須承認，只有獨自面對困境的時候，我們的本性才會真正地顯露出來。」

「那麼，你現在已受夠苦難了嗎？」我有點開玩笑地問。他回答說我們現在確實夠艱困了。我低頭掩飾自己的困惑，當我再抬起頭時，卻意外地發現漢娜正瞪著我看。我感到一陣熱一陣冷，差點把也在看著我的辛克萊先生忘了（我想他的眼神還算友善），但漢娜的眼神抓住了我。我結結巴巴地跟辛克萊先生說，雖然我不像他那麼會說話，但真的很感謝他讓我有反思的機會。「我們都正被考驗著，辛克萊先生。我覺得我的本性已經完全暴露出來，而我希望你會認同這樣的我。」事實上，那天我想要的並非是他的認同。

漢娜整個下午都望著我，有一次她說：「葛瑞絲。」她只說了這三個字，也就是我的名字，沒有其他的話語，只有「葛瑞絲」而已。

儘管如此，我在郵船上還是加入大家的行列，一起感謝上帝，並祈求祂的力量能拯救亨利，就像祂讓我獲救一樣。大家開始逐漸恢復力氣。在抵達波士頓的前一晚，伊莎貝爾沒有照常禱告，而是叫大家記得執事先生與辛克萊先生，牢記他們為了我們而自願犧牲。在追思執事先生時，伊莎貝爾帶領大家背誦〈海之頌〉。當初他教我們時說過，當我們獲救時就可以吟誦它。那時的情景彷彿已是上輩子的事了。我現在只記得其中一段：「你發鼻中的氣，水便聚起成堆，大水直立如壘，海中的深水凝結。」這一段正巧描述了我們的經歷。我很高興伊莎貝爾想起這首詩歌，我想其他人大概早已忘記。這艘郵船還載著另外十名乘客，他們圍繞在四周看我們背誦詩歌。在他們眼中，我們是經過血腥、歷劫歸來的一群人，就像上帝解救了摩西與以色列人，卻將其他人淹死。我知道人類天生希望自己與眾不同，但以我們的情況而言，我們與那批以色列人並無不同。

彷彿變魔術般，陸地浮現在海面的另一端，大家蜂擁到欄杆旁，唯獨我退到後頭，想著是否會有人在岸上等我。郵船的船長一直與有關單位密切聯繫，那時我們已知道有那些人生還。瑪莉·安的母親是大約兩週前獲救，但生還者名單上沒有亨利·

溫特與布萊恩‧布雷克的名字。儘管如此，我依然滿心希望亨利能在碼頭迎接我上岸。

陸地是一抹藍綠色，在薄霧中若隱若現。之後，各種顏色漸漸浮現，例如：紅色的燈塔以及碼頭旁色彩鮮明的船隻。四周傳來驚呼，有人高喊：「上帝保佑！」麥肯女士匆匆與我擦身而過，奔向欄杆大喊：「終於回到文明世界了！」

但我眼前看到的並非社會架構與文明結晶。我看到的景象更像大自然也難以言明。陸地並非相對於大海，不像「實」與「虛」的對立，也不似「生」與「死」的對比，而是海洋的延伸。也許我對即將面臨的狀況已所預感，或者我只是被自己的擔憂所影響：亨利的家人會接受我，還是斷然拒絕我？如果他們不肯接納我，我該何去何從？我應該可以回去母親與我居住的那間房子。我極為沮喪，但轉念一想，至少我未喪命，只要活著就有希望。其實，我總認為「希望」是一種軟弱情緒，只靠乞求的消極或是根深蒂固的否定。

樹木與沙灘越來越近，呈現於眾人眼前，就像摩西口中的應許之地，但是，我決定絕不屈服。大家已接獲通知，有關當局會將我們先安置在一家旅館，由醫生檢查我們的身體狀況。我也有了一、兩天可以思索接下來的計畫，決定該何去何從，做什麼事。只是，接下來的轉變完全出乎我的意料。

我是最後一個踏上波士頓碼頭的生還者。剛踩到老舊褪色的舢板，感覺就像是踏上搖搖晃晃的小船——我們還不習慣站在堅穩地面的感覺。大家努力保持平衡，畫面十分滑稽有趣。大家哈哈大笑，既為了重回陸地而欣喜，也好笑地發覺我們竟然難以好好行走。我在中途停下腳步，回頭望著波光瀲灩的港灣。在我的上方，郵船船長佇立於欄杆旁，隨後把注意力放在船員身上，開始為下一趟航程進行準備工作。他雙手叉腰，瞇眼瞧著早晨的太陽。陽光從雲朵之間灑落，照耀著大家——照耀著我（我喜歡這樣想）。我跟船長互望許久，儘管他們兩人其實天差地別，但我仍從他身上看到哈戴先生的影子。哈戴先生又黑又瘦，船長則人高馬大，散發著哈戴先生所欠缺的氣質與教養。我們目光相交。我將手舉了起來，他也舉手回敬，向我致意。亞歷山德拉皇后號沉沒的那一天，哈戴先生也向亨利比出這個動作，亨利才過去與他交談。我注意到亨利露出一種專注神情，他在倫敦替我添購珠寶與禮服時也是這種表情。因此，我雖然聽不到他們說了什麼，但可確信他們是在進行某種交易。後來哈戴先生往後退開，舉起他的手，擺出我現在這樣的姿勢。他以單手致意，另一隻手在外套口袋裡。他制服上的金色鈕釦閃閃發光，水手帽牢牢戴在頭上，鬍子刮得乾乾淨淨，當時他的臉頰便顯消瘦，一雙眼睛漆黑莫測。

我點了頭，郵船船長也點頭回禮。這是我最後一次看到他。我們兩人同時轉身，我像其他人那樣踏出不穩的腳步，走下連結郵船與碼頭的舢板。等我走過碼頭，踏上堅穩的陸地，腳步已不再蹣跚。我發現沒人來迎接我，但依然踏出堅穩腳步，迎向未來。

# 尾聲

無罪開釋後，並非就此一帆風順。不過，漢娜與格蘭特女士將面對終生監禁，我想，她們的處境應該比我還糟。柯爾醫生建議我把日記寫得更完整，這樣能幫助我擺脫心牢。「我跟你說過多少次了，我並沒有什麼罪惡感！」我大叫，對他徹底反感。我確實想忘記一些事情，卻不明白繼續回想那段歷程會有何幫助。比方說，我想忘記狂風與巨浪的怒號；忘記汪洋大海如何拍打著木船，發出微弱的啪、啪、啪的聲響；還想忘記徒勞無功的划槳動作；忘記那一大片威脅要吞噬我們的闃黑惡水。我想忘記麗蓓嘉在海面上披散的頭髮；忘記她起初似乎滅頂時，我心底湧起的放鬆感覺。而我最想忘記的兩件事，其中一件是我竟然曾想逃避命運；另外一件則是芙萊明女士與瑪莉．安枕在我大腿上的沉沉重量。漢娜與格蘭特女士至少有辦法擬定計畫，貫徹到底，但我卻無法當機立斷，定下明確目標。我有好幾次希望能跟小查理一起躲在安雅．羅勃森的外套下。

我在寫這段文字時，聽到一個消息，有一艘名叫路西塔尼亞號的輪船經過愛爾蘭海，被潛伏於海裡的德國潛水艇擊沉。我不由得想著亞歷山德拉皇后號是否也遇到這種情況，害我們很早就成為戰爭的犧牲者。有關當局立刻否定我的推測，指出時間與地點皆不符合。就算這是真相，又能改變什麼呢？我露出微笑，想像著辛克萊先生會大聲說：「不能！」只不過，我不必然會同意他。官方說法不見得總是正確的。我依然希望自己的人生是毀於強權之間的衝突，而不是出自粗心或貪婪之手。

我把哈戴先生推下船之後，輪到我自己變得筋疲力盡，靠在瑪莉．安的大腿上。我忽睡忽醒。有時以為瑪莉．安在跟我說話，因此猛然驚醒。

「我剛才只是假裝昏倒而已。」我聽到她這麼說。「我不可能有辦法殺人，但格蘭特女士始終認為妳可以。」那天晚上她說：「如果我們獲救的話，我會告訴他們是誰做的。我會說是妳。還會說出珠寶的事，以及妳是怎麼搭上這艘救生艇的。」

「才沒有什麼珠寶，瑪莉．安。」我可能這樣回答，也可能並未說話。當時我恍恍惚惚，分不清這是一場夢魘，或是確實發生過的事實。

幾乎一年過去了，柯爾醫生依然不斷提起救生艇上的種種。他越來越像那位檢察官。我早就跟他說過，我不會再談論救生艇上發生的事。那起事件當然影響了我，但不是以他想像的那種方式！只是，他不願接受這個說法。我不認為藉由每天回想那件事就能夠找出我焦慮的原因。那主要是因官司而起，也來自對未來的不確定感，與船難並無多大關係。殘酷的不是大海，而是人世。為什麼我們要飽受這種驚嚇？為什麼陪審團要擺出目瞪口呆的模樣？為什麼新聞記者要像瘋狗般尾隨我們？小孩！我心想。我絕對不要再當個孩子。

我無法再忍受那些不重要的人高高站在眾人之上，為了某些事往下大聲指責——無論那個人是牧師、醫生或法官。如果有人又露出自以為是的樣子高談闊論，我會立刻截斷他的話，或者直接掉頭離開。如果無法打斷或走人，我便露出一抹空洞但甜美的微笑，這一招在法庭上相當管用，卻會使柯爾醫生惱羞成怒。反正我有自知之明，明白自己並不重要。但是，我活了下來。

我說出這類想法時，柯爾醫生會開始提起罪惡感的話題，並表示人無須為自己命運的好壞負責。我不斷告訴他，我根本沒想過：「為什麼是我？」我認為船難既是不幸，亦是萬幸，我很高興那起事件讓我看見一個嶄新的世界，不再想去依靠他人，甚至不再恐懼死亡，也不再相信上帝。或許就是這番話使他大感困惑。我覺得柯爾醫生不只想治好我，更想治好他自己。

今天我告訴柯爾醫生，我打算離開，雖然我還不確定該何去何從。「可是治療還沒結束啊！」他高聲說。我說事情已經落幕，該迎向下一段旅程了。「妳要嫁人了！」他驚呼。

「你真沒想像力！可以走的路有無限多條，我會怎麼走還很難說。」我說。說完後，我感到無比的自在輕鬆，但也擔心這世界跟他一樣缺乏想像力，那麼，我恐怕必須接受萊希曼的求婚，畢竟眼前沒有更好的選擇。亨利的母親叫我前往紐約，我遲早會拜訪她，只是一直拖延。她原本對於我的未來十分重要，如今卻顯得無足輕重，這會很奇怪嗎？

「妳的內心永遠不會平靜，除非妳可以擺脫自己的矛盾情緒，不管是對救生艇事件……或是對我。」柯爾醫生說。

我打斷他的話，並告訴他，我的內心早已平靜。對我而言，人生再度如同遊戲，我甚至能夠獲勝，因為我已無罪開釋，而且尚未做出任何無法挽回的決定。當然，我立刻就必須做出選擇。救生艇上的經驗已清楚表明，人在面臨兩難抉擇時，是不能遲遲不下決定的。我曾對萊希曼先生感到意亂情迷嗎？答案是否定的。然而，他保證會讓我愛戀他，並且已開始展開行動，我因此感到開心。

我再度收到葛莉塔的來信，上面提到其他女性生還者正在籌錢，希望能讓漢娜與格蘭特女士可以重新上訴。她們問我是否能捐錢？除此之外，她們希望我可以運用自己的影響力，說服萊希曼先生出面替她們兩人辯護，並且調降律師費。我昨天在筆記本前面坐了很久，下筆回信——事實上，我寫了好幾封信。第一封信，我答應會盡量幫忙。第二封信，我指出她們先是把我捲入案件，之後又出面打擊我，怎麼好意思再求我伸出援手。第三封信，我的措辭客套而冷淡，祝福她們好運，但並未做出任何承諾。我把這三封信的事告訴柯爾醫生，問他比較建議我寄出哪一封信。「妳打算寄哪一封？」如我所料地，他這麼反問我。

「我當然沒錢給她們。」我說。我衷心祝福她們，卻不希望萊希曼先生在我們新婚的第一年裡，必須忙著這件我想擺脫的過往。

我跟柯爾醫生先前會面的牢房又濕又冷，而柯爾醫生的辦公室則截然不同，相當寬敞且通風良好，還有一排窗戶可以俯瞰整片港灣。最後的幾分鐘，我們一起俯瞰看海面，看著海波激起雪白浪花。遠方有一艘船迅速駛過，像一隻飛鳥優雅地憑風翱翔。

「妳笑了。」柯爾醫生說。

「是的。」我回答，「我是在笑沒錯。」

面談時間即將結束，我站起來準備離開，身上新買的絲質洋裝沙沙作響。我說：「我要走了。你必須自行找出答案。」他聽了很沮喪，把鋼筆往小筆記本上用力一敲，留下一大片墨水。要不是我對他深感抱歉，我肯定會放聲大笑，嘲笑他竟想弄懂一切，竟然如此天真，竟會幼稚地想追究下去。

高寶書版集團
gobooks.com.tw

TN 197
求生
The Lifeboat

作　　者　夏洛蒂・羅根（Charlotte Rogan）
譯　　者　林力敏
編　　輯　曾士珊
排　　版　趙小芳
封面設計　許晉維
出　　版　英屬維京群島商高寶國際有限公司台灣分公司
　　　　　Global Group Holdings, Ltd.
地　　址　台北市內湖區洲子街88號3樓
網　　址　gobooks.com.tw
電　　話　(02) 27992788
電　　郵　readers@gobooks.com.tw（讀者服務部）
　　　　　pr@gobooks.com.tw（公關諮詢部）
傳　　真　出版部　(02) 27990909　行銷部 (02) 27993088
郵政劃撥　19394552
戶　　名　英屬維京群島商高寶國際有限公司台灣分公司
發　　行　希代多媒體書版股份有限公司/Printed in Taiwan
初版日期　2013年3月



國家圖書館出版品預行編目(CIP)資料

求生／夏洛蒂.羅根(Charlotte Rogan)著;
林力敏譯 -- 初版. -- 臺北市：
高寶國際出版：希代多媒體發行,
2013.3　面；　公分. -- (文學新象；TN 197)
譯自：The lifeboat

ISBN 978-986-185-826-5(平裝)

874.57　　　102002071